コードギアス外伝 白の騎士 紅の夜叉

CODE GEASS Lelouch of the Rebellion Lancelot & Guren

反逆のルルーシュ

[Side:カレン]

STAFF

原　作	『コードギアス 反逆のルルーシュ』シリーズより
企　画	サンライズ
小　説	高橋びすい
新キャラクターデザイン	木村貴宏
新ナイトメアデザイン	アストレイズ
漫　画	曽我篤士
協　力	BANDAI SPIRITS コレクターズ事業部
	KADOKAWA、ホビージャパン

CODEGEASS設定資料館

CHARACTER

▶朱城《あかぎ》ベニオ

ユーフェミア・リ・ブリタニアによる日本人"大虐殺"により両親を失ったイレヴンの少女。その際に救ってくれた紅月カレンに憧れ「黒の騎士団」に参加。KMFのパイロットとなる。

▶無頼《ぶらい》（特参型腕装備《とくさんがたわんそうび》）

半壊したカレンの無頼をベニオ用に修復。右腕を特参型腕というパイルバンカーを仕込んだ特殊な腕に換装している。

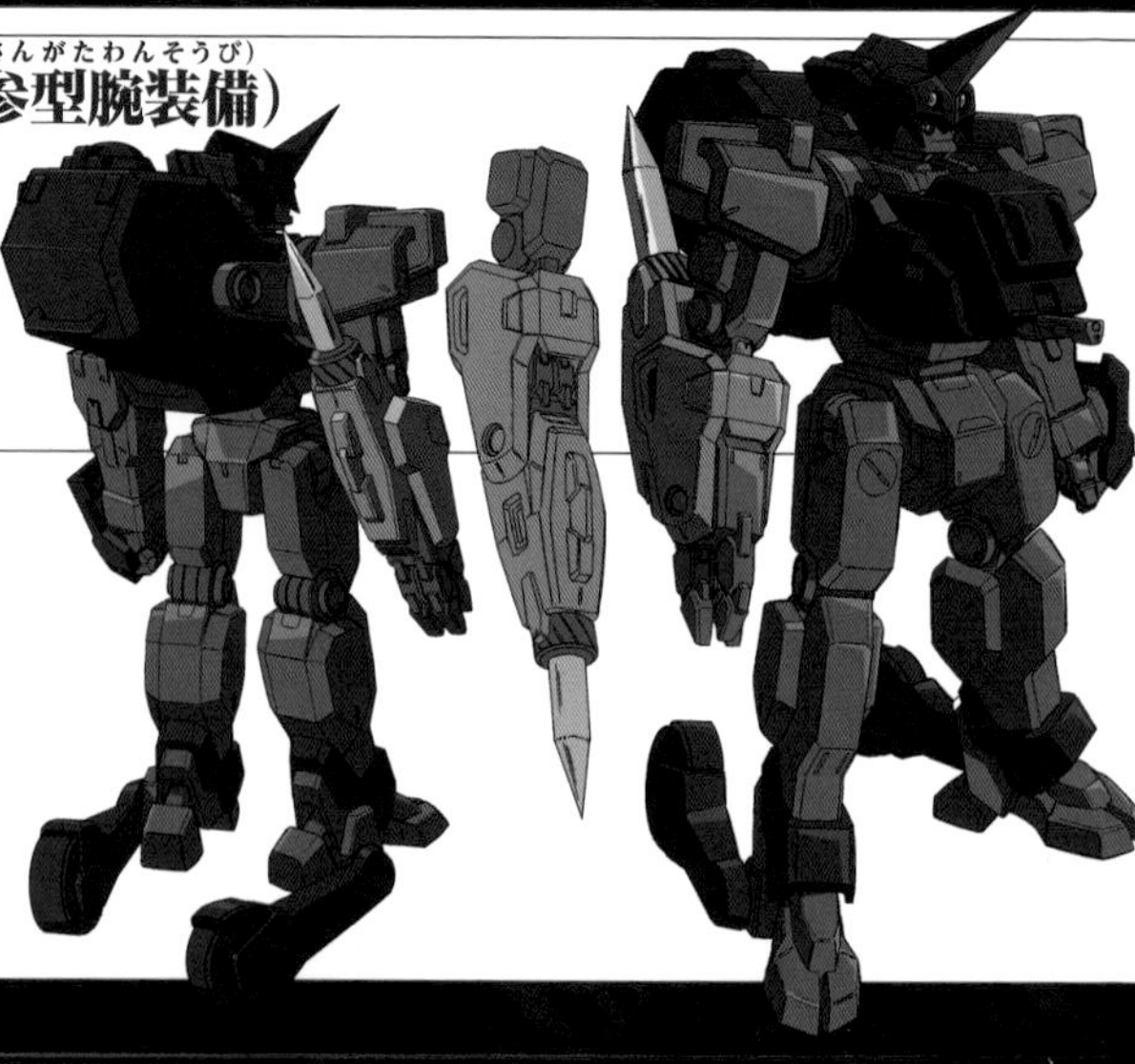

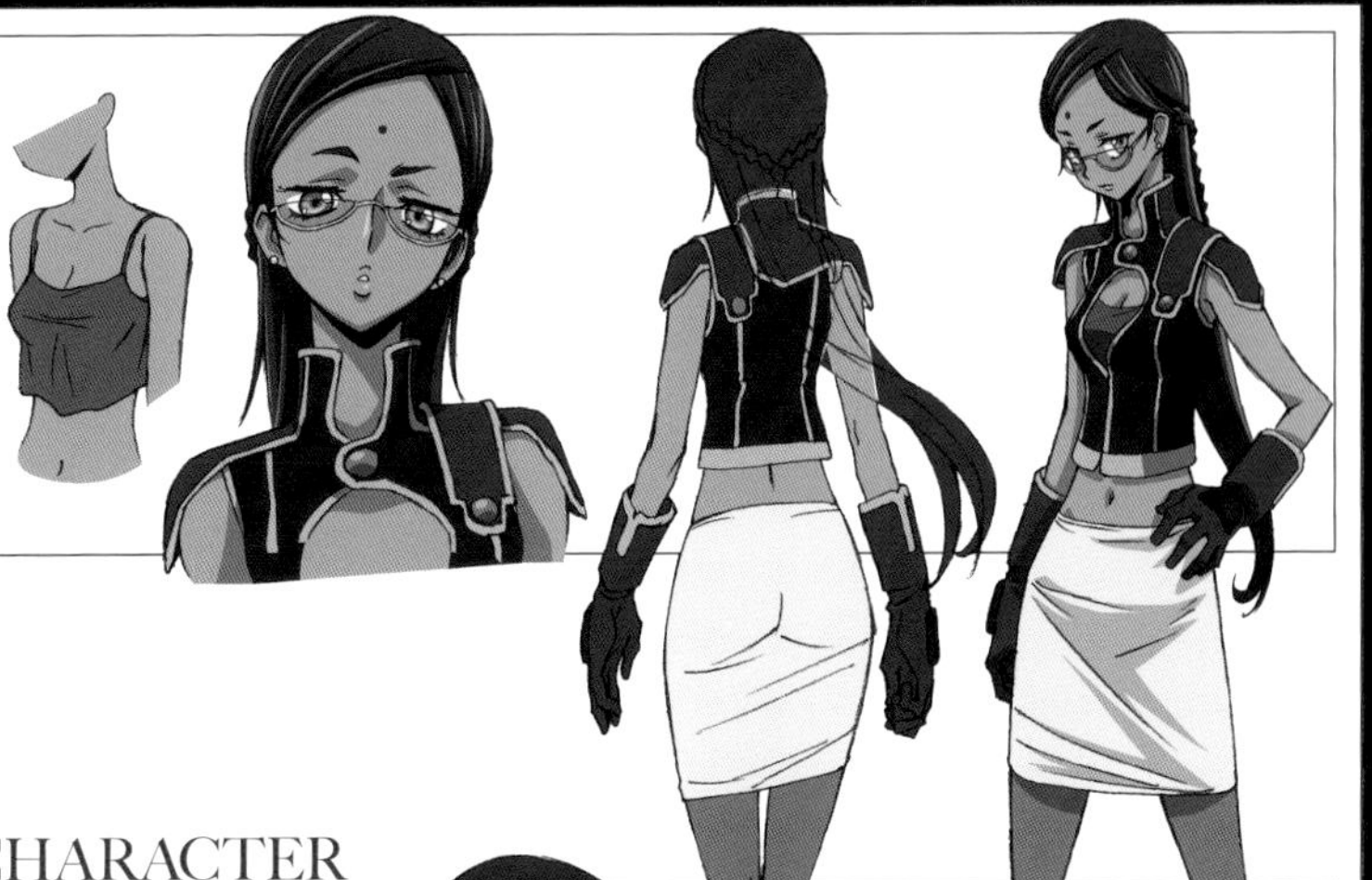

CHARACTER

▶加茢《かがり》サヴィトリ

ラクシャータ・チャウラーと同じインド軍区出身の少女。「黒の騎士団」技術部に所属し、KMFの開発・調整を担当している。天真爛漫なベニオを煙たく思っている。

▶紅鬼灯《べにほおずき》

紅蓮弐式の予備機をベニオの専用機として改修した機体。右腕は特参型を装備しており、頭部もオリジナルのものが用意された。

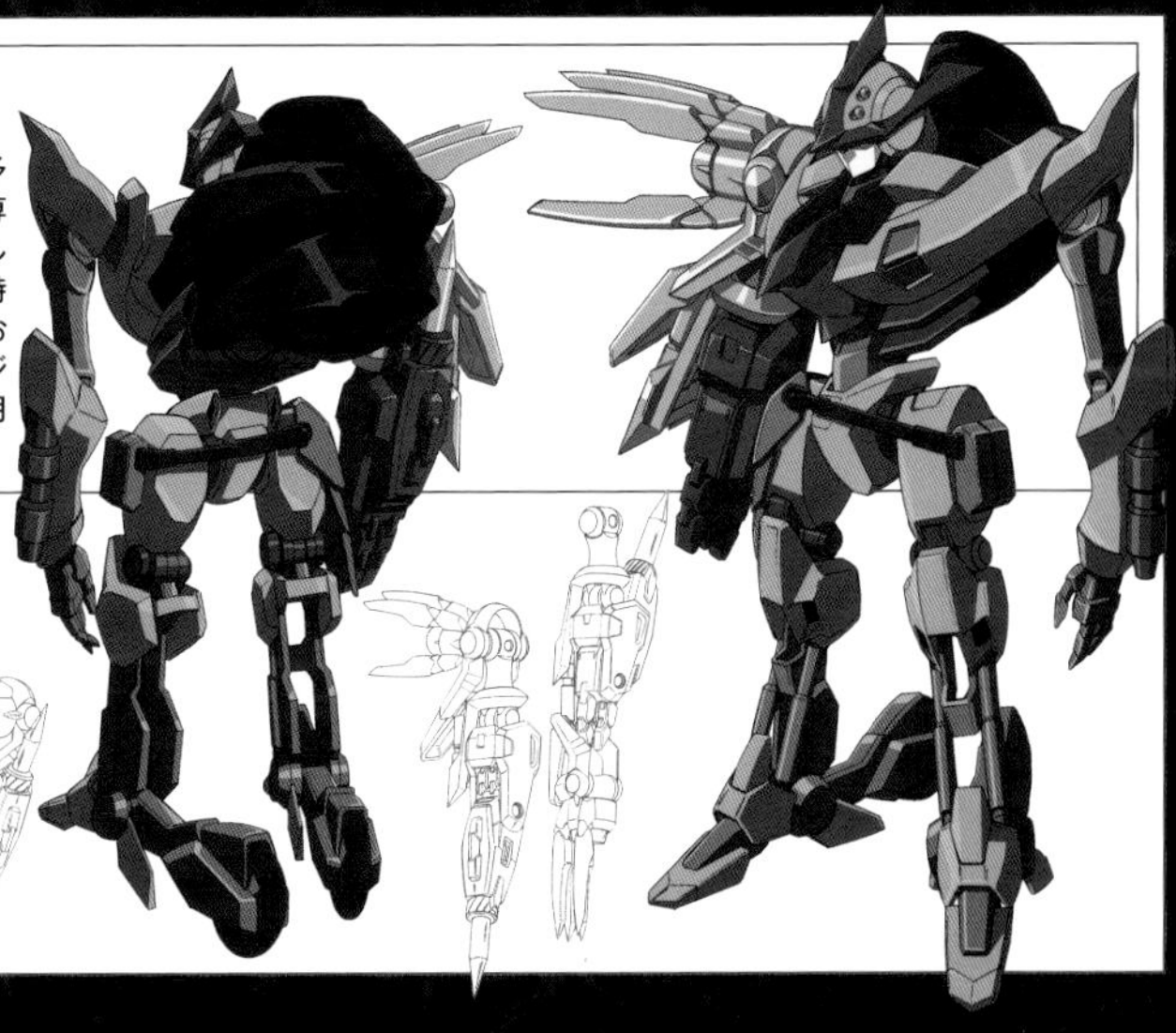

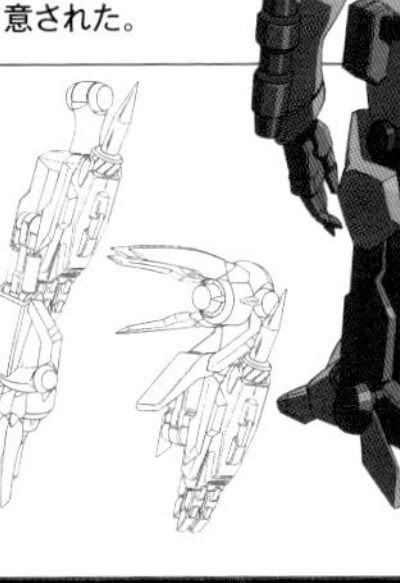

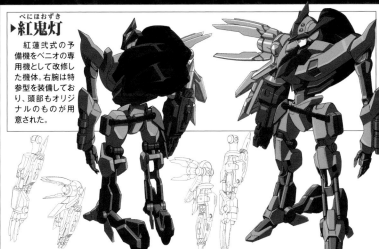

《じゃあね》

《やめろ!!》

女性の声とともに、赤いナイトメアがベニオとサザーランドの間に滑り込んできた。

赤いナイトメアは左手に逆手持ちしていた小刀《ナイフ》を振り下ろす。

コックピットを貫かれ、サザーランドが膝から地面に崩れ落ちた。

あまりの早業に、ベニオは状況も忘れ、赤いナイトメアの姿に見入ってしまう。

そのナイトメアは不可思議な形状をしていた。左腕に比べて右腕が長い。その先についている右手は巨大で、長く鋭い爪が生えている。

赤いナイトメアの名は紅蓮弐式。パイロットは紅月カレン。

だがそのことを、ベニオは知らない。

しかし、紅蓮弐式の姿は、このときしっかりと、ベニオの心に赤い残像として刻まれたのだった。

――と、仲間を破壊されたことに気づいたサザーランドが二機、紅蓮弐式に向かって左右から進撃してきた。

紅蓮弐式の反応は早かった。

まず、アンカー付きのワイヤー――飛燕爪牙《スラッシュハーケン》を左に射出。

アンカーは正確にサザーランドの頭部を貫く。

第1話「紅月カレン」より

サザーランドはなすすべもなく沈黙した。

その間に、右のサザーランドはライフルを掃射しようと紅蓮弐式へ銃口を向けるが――。

すでに紅蓮弐式はサザーランドの眼前に接近している。

《は、速い……！》

サザーランドのパイロットが呻きに似た声を上げたのと、紅蓮弐式が右手でサザーランドの頭を掴んだのは同時だった。

《じゃあね》

低い声で紅月カレンがつぶやくと、輻射波動機構が駆動――赤い閃光とともに、サザーランドが爆散した。

敵の撃破を確認するかしないかのうちに、紅蓮弐式は次の獲物のもとへと走り去る。

あとに残されたベニオは、その後姿を、ただ茫然と見つめていた。

《エナジーが！》

第6話「紅鬼灯」より

「いけない……！　ベニオ、逃げて！」

《逃げる？　どうして？》

「あの機体を動かせる人間がいるのだとしたら、絶対に勝てない。逃げないと間違いなく死ぬわ!!」

《逃げるなんて、そんなこと言われても、無理だよ……！》

モニターの中で戦闘が開始される。

神虎に飛びかかる紅蓮可翔式と迎撃する神虎。

《――ゼロかカレンさんの命令がなければ、私は戦い続ける。ごめん、サヴィトリ》

「……！」

ゼロもカレンも知らない。知っているわけがない。

もし仮に知っていたとしても、信じられないはずだ。あの機体を動かせる人間がいるなんて……。

あのカレンの操る紅蓮可翔式でさえ、まともにやり合って戦えるかどうか……。

しかも、補給前なのだ。短期決戦に持ち込まないといけないなんて、絶望的すぎる。

神虎の圧倒的な戦闘力の前に、紅蓮以外のナイトメアフレームは、ただ戦いを傍観することしかできなかった。

エースパイロットどうしの一騎打ち――。

だが……。

それがすべてを決するかのように――。

《エナジーが！》

「第7ゼロの仮面」より

「……おかしいです、こんなの」

《どうしたの？》
ベニオの隣に一機のナイトメアが降り立ち、通信を飛ばしてくる。
ロロという少年が操るヴィンセントだった。
彼が二人の男女を、殺したのだ。
「……」
《朱城ベニオ？》
「……おかしいです、こんなの」
ベニオがつぶやくように言うと、ロロは苛立たし気に言い返してくる。
《木下《さつき》といいお前といい、わけのわからないことを……。おかしくないよ。ゼロの命令なんだから》
「……」

CODE GEASS
Lelouch of the Rebellion
Lancelot & Guren
Side:KALLEN

コードギアス 反逆のルルーシュ外伝
白の騎士 紅の夜叉
[Side:カレン]

CONTENTS

▶Side:カレン

第1話「紅月カレン」

Side:KAREN

――ルルーシュ。あなたにとって、私は何？

紅月カレンは隣を歩く少年に、心の中で問いかけた。

少年の名はルルーシュ・ヴィ・ブリタニア――神聖ブリタニア帝国第99代唯一皇帝である。

これから彼は、超合集国の最高評議会に参加する。神聖ブリタニア帝国の超合集国参加を交渉するためだ。

会場までの案内役をカレンは任されていた。

しかし頭を支配するのは、世界情勢のことなどではなく、先ほどの問いだった。

――あなたにとって、私は何？

交渉の場所がアッシュフォード学園だということも、カレンの心を乱す原因の一つだった。

ここにいると余計に意識してしまうのだ。

隣を歩く豪奢な格好の少年は、同級生のルルーシュ・ランペルージであり、また、カレンがかつて忠誠を誓った存在――ゼロだということを。

そしていまルルーシュは、ブリタニア皇帝として自分の横を歩いている。

涼しげで品のある表情を浮かべながら。

まるでカレンが、初対面の相手であるとでも言いたげな顔で。

ルルーシュにとって、自分はいったい何だったのだろう。

友達？　仲間？　部下？

それとも……使い捨ての駒？

カレンはルルーシュの横を歩きながら、声に出さず、尋ねる。

――ルルーシュ。あなたは言った。私たちは、自分の駒に過ぎないと。でもだったら、あの言葉は何？　『カレン、君は生きろ』って。

使い捨ての駒を相手に、あんな言葉を投げかけるものだろうか？

――それに、覚えているでしょう？　あの子たちのことを。

カレンの脳裏をよぎるのは二人の少女の姿だった。

朱城ベニオと加茢サヴィトリ。

二人のことを考えると、カレンは思ってしまうのだ。

ルルーシュは、自分たちのことを単なる駒だなんて思っていなかったのではないか、と。

❖　❖　❖

「それにしても、すっごい数だね」

朱城ベニオは思わず言った。

見渡す限りの人、人、人……。

こんなにたくさんの人が入るなんて、いったいここはどれだけ大きいんだ、とベニオは思う。

そこは行政特区日本開設記念式典の会場だった。

すでに式典の開始時間は過ぎていたが、突如現れたゼロがユーフェミア皇女とともに奥に引っ込んでしまったので、開始が延期されているところだった。

ベニオたちとしてはお預けを食らってしまった形になるが、別に大して問題ではなかった。

「みんな日本人なんだぞ」

右隣に座った父は、誇らしげに言った。

「こんなにたくさんいるんだ……」

「ここにいる人たちだけじゃないのよ？　抽選に漏れて会場に入れなかった人たちが外に大勢詰めかけてるって、ラジオで言ってたわ」

左隣に座った母もやはり誇らしげだ。

「え？　え？　じゃ、私たちって運がいいの？」

「そうだ、すっごく運がいいんだ！」

「日頃の行いが良かったのね、きっと！」

「やったあ！」

三人は無邪気に笑い合う。

「これからもっといいことが起こるんだぞ？　何て言ったって、規制がなくなるんだ。お父さん、頑張って働くからな」

「お母さんも頑張るからね」

ベニオは左右からぎゅっと抱きしめられる。

「ちょっと二人ともやめてよ。私、もう子供じゃないんだから」

と言いつつ、ベニオはそんなに嫌ではなかった。

周りでも似たような光景が繰り広げられている。

会場は幸せそうな人たちで満たされていた。

これからの生活に想いを馳せ、希望を感じているからだろう。いままでの苦しかった生活から解放されることを喜んでいるのだ。

実を言うとベニオは、いまの生活もそんなに嫌いではなかった。

もちろん、ブリタニア人には腹が立つし、お金がないのは困る。服はボロボロだし、夏は暑くて冬は寒い。学校なんてあってないようなものだし、毎日バイトばっかりの毎日だ。

ただそれは、ベニオからしたら当たり前の生活だった。ベニオくらいの年だと、ブリタニア侵攻以前の記憶が曖昧で、幸せだった日本の生活というのがよくわからない。

それにベニオには大好きな両親がいる。

二人の笑顔を見ていられるだけで、ベニオは幸せだった。

だからベニオは、どちらかと言うと、これからの生活が良くなることではなく……。

「今日はうまいもの食おうな、ベニオ」

「お母さん、腕によりをかけてご飯作るからね、ベニオ」

両親の幸せそうな顔を見られたことが、すごく嬉しかった。

何だか世界が明るく、輝いて見えた。

だからこの行政特区日本は、すごくいいところなんだろう。

きっとみんな、これから幸せに暮らせるんだろう。

そう思うとベニオは嬉しくて、ニコニコ笑ってしまうのだった。

「あ！」

壇上の貴賓席に新しい人影が見え、ベニオは声を上げた。

「ユーフェミア様だ！」

会場全体が、期待に胸を膨らませる。

ついに式典が始まる。

つまり新しい日本が始まる――。

日本人たちの輝く視線を全身に受けながら、ユーフェミアはマイクの前に立った。

そして――。

《日本人を名乗る皆さん、お願いがあります。死んでいただけないでしょうか》

「――え？」

ベニオは息を飲んだ。

「いま、なんて言ったの……？」

何を言われているのかわからなかった。

「嘘だろ？」

「いったい何よ？」

ベニオだけではない。会場にいる日本人たちも皆、口々に困惑の声を発している。

ここにベニオたちがいるのは、ブリタニアの支配から解放されるためだ。この式典は、それをお祝いするためのものだ。
それなのに……。
《えーっと、自殺してほしかったんですけど、ダメですか？》
これでは、まるで……。
《じゃあ兵士の方々、皆殺しにしてください。虐殺です》
自分たちは殺されるために集められたみたいじゃないか。
・・・・・・・・・・・・・・・・・・・・・
――パーン。
乾いた音が、会場に響き渡った。
ユーフェミアの手には銃が握られている。
その弾丸が一人の男性の胸を撃ち抜いた。
「ああああああああああああああああああ‼」
女性の悲鳴。
《さあ、兵士の皆さんも早く》
ユーフェミアの、声。
それが合図だった。

無数のナイトメアフレームが動き出す。

ダダダ、ダダダ、という銃声が、会場中を包み込む。


会場は一瞬で地獄と化した。

悲鳴、怒号、泣き声、罵声……。

ありとあらゆる負の声が会場中を満たし、辺り一面を日本人が走り回っている。

複数あるはずの出口はすでにパンクしていた。どの出口も窒息寸前で、誰も出ていけない。

逃げられなくなった日本人たちに向かって、ナイトメアの軍勢がライフルを掃射する。

そこかしこで舞う血しぶき――。

むせかえるほどの血の匂い――。

虐殺が粛々と進められていく。


ベニオたち三人は会場の外に出ることができていた。たまたま出口に近い席だったのと、両親がすぐに異変に気づき、ベニオを連れだしてくれたおかげだ。
外ではブリタニア軍のナイトメアと黒の騎士団のナイトメアが戦闘を繰り広げていた。
「黒の騎士団がきっと助けてくれる。だから走るんだ、ベニオ」
父が言った。
ベニオは小さくうなずき、走り続ける。
しかし、黒の騎士団も万能ではない。
三人の前に、紫のナイトメア――サザーランドが滑り込んでくる。
ライフルを両手で構え、正確にベニオたちのほうに向ける。
「「ベニオ！」」
父と母は、二人同時に手を伸ばし、ベニオを突き飛ばした。
ベニオはバランスを崩して地面に転がった。
直後、ライフルの銃口がはじける。
ベニオはそれを、無音の世界で見た。
なぜか音が聞こえなかった。

そして弾丸の動きが見えそうなほど、ゆっくりと時間が進んでいった。

それほどに、現実味のない光景だった。

だって、大好きなお父さんとお母さんが、こんなにもあっけなく、消えてしまうなんて――。

ベニオの両親は弾丸を受け、ほとんど原形をとどめないほど破壊された。

ベニオは立ち上がり、両親だったものを見下ろす。

真っ赤なそれを――。

何も、感じなかった。

父と母が死んでしまったと、頭ではわかっているはずだった。悲しいことが起こったのだ、と。

けれど現実に感情が追いついていなかった。

「お父さん……？　お母さん……？」

問いかけても答えるはずがないのに、ベニオの口は勝手に二人を呼んだ。

「お父さん、お母さん……！」

ひざまずき、ただ二人のことを呼ぶ。

そんなベニオを暗い影が覆う。

見上げると、サザーランドが額のファクトスフィアを展開し、ベニオをじっと見つめていた。

次は自分の番だ、とわかった。

ベニオは立ち上がろうとして失敗した。足に力が入らず、転倒してしまう。

どうして、と思う。

私たち、何か悪いことしたの？　どうして日本人《イレヴン》だからって死ななきゃいけないの？

こんなに簡単に、全部なくなっちゃうなんて酷い。

どうして、どうして――。

サザーランドがベニオにライフルの照準を合わせた。今度は外さないように、と。

ベニオは呆然と目を見開いたまま、自分の最期の瞬間を待った。

しかし銃弾は放たれなかった。

代わりに、

《やめろ‼》

女性の声とともに、赤いナイトメアがベニオとサザーランドの間に滑り込んできた。

赤いナイトメアは左手に逆手持ちしていた小刀《ナイフ》を振り下ろす。

コックピットを貫かれ、サザーランドが膝から地面に崩れ落ちた。

あまりの早業に、ベニオは状況も忘れ、赤いナイトメアの姿に見入ってしまう。

そのナイトメアは不可思議な形状をしていた。左腕に比べて右腕が長い。その先についている右手は巨大で、長く鋭い爪が生えている。

赤いナイトメアの名は紅蓮弐式。パイロットは紅月カレン。

だがそのことを、ベニオは知らない。

しかし、紅蓮弐式の姿は、このときしっかりと、ベニオの心に赤い残像として刻まれたのだった。

――と、仲間を破壊されたことに気づいたサザーランドが二機、紅蓮弐式に向かって左右から進撃してきた。

紅蓮弐式の反応は早かった。

まず、アンカー付きのワイヤー――飛燕爪牙《スラッシュハーケン》を左に射出。

アンカーは正確にサザーランドの頭部を貫く。

サザーランドはなすすべもなく沈黙した。

その間に、右のサザーランドはライフルを掃射しようと紅蓮弐式へ銃口を向けるが――。

すでに紅蓮弐式はサザーランドの眼前に接近している。

《は、速い……！》

サザーランドのパイロットが呻きに似た声を上げたのと、紅蓮弐式が右手でサザーランドの頭を掴んだのは同時だった。

《じゃあね》

低い声で紅月カレンがつぶやくと、輻射波動機構が駆動――赤い閃光とともに、サザーランドが爆散した。

敵の撃破を確認するかしないかのうちに、紅蓮弐式は次の獲物のもとへと走り去る。

あとに残されたベニオは、その後姿を、ただ茫然と見つめていた。

▶Side:カレン

第2話「決意」

Side:KAREN

「ベニオ！　お弁当、みんなに運んで！」

「おーいベニオ！　洗濯物取り込んできてくれー！」

「ベニオやばいケガしちまった、包帯巻いてくれ！」

目が回るほどの忙しさ。

朱城ベニオは一つ仕事を終えては、また別の仕事を——と、その日も忙しく港を走り回っていた。

ベニオは現在、コウベ租界の港で下働きをしていた。

十代半ばで、学校も出ていないベニオには専門的な仕事はできない。

でも、働いている人たちのために食事の用意をしたり、洗濯をしたり、それから港内を掃除したりすることはできる。

毎日が飛ぶように過ぎていった。

——ブラックリベリオンが失敗に終わって数か月。

つまり、ベニオが独りぼっちになってから数か月……。

ベニオは仕事を変えながら日本各地を転々としていた。

同じ仕事を長く続けることはできなかった。たとえば、ブリタニア政府の介入でベニオの雇用主が逮捕されてしまうことがあった。だいたいの雇用主は密輸などの違法なことに手を染めていることが多い。雇用主が逮捕された場合、同じ場所に住んでいるのは危険なので、ベニオは引っ越しを余儀なくされた。

また、雇用主がまっとうな仕事だけで頑張っている場合でも、再開発の名目で職場そのものが貴族たちに買い上げられてしまったりした。ベニオは雇用主ともども追い出された。

エリア11が矯正エリアへと降格したせいか、ブリタニアによる圧制は酷くなる一方だった。ブリタニア人たちの態度も日に日に傲慢になり、日本人たちの暮らしは日増しに苦しくなっていた。

ただ逆に、日本人どうしの結束はどんどん強くなっているようだ。おかげでベニオのような知識も技術もない子供にも仕事を与えてくれる日本人がいた。

両親がおらず、頼るべき親戚もいないベニオは、そういう優しさに助けられ、なんとか生きながらえていた。

というわけで――。

「皆さん、お昼ですよ！」

お弁当を食堂へ運び、

「洗濯物です！」

その足で洗濯物を回収し、

「包帯巻きます！　ちょっと痛いですけど我慢してくださいね！」

そして桟橋で怪我人の手当てをした。

どんな仕事でも一所懸命、挨拶と返事は元気よく、をモットーに、ベニオは今日も港を走り回る。

「ふぅ」

与えられた仕事を終え、ベニオは額の汗をぬぐいながら息を吐いた。

さて、次の仕事は何かな、と周囲を見回していると……。

「ベニオ」

背後から声をかけられた。

港の責任者のオヤジさんだった。

「お客様が来る。部屋の準備をしてくれ。二階の特別室だ」

「特別室？　そんなのありましたっけ？」

ベニオは首を傾げた。

「いまから作るんだよ。ほら、新しい布団をベッドに設置しろ。シーツも新品を出せ」

「え！　もったいないですよ！」

基本的に物資は不足している。みんな、破れて中身が飛び出しかけた布団に、すすけたシーツをまいて使っているのだ。

「今日に限っては、もったいない精神は捨てる」

けれどオヤジさんは言い切った。

「掃除もいつもの三倍……いや、十倍は丁寧にするんだ。塵一つ残すんじゃないぞ？」

どうやら今日来るお客様は相当偉い人らしい。

いったい誰が来るんだろう、と思ったが、ベニオは訊かなかった。

ベニオみたいな下っ端は下手なことに首を突っ込まないほうがいい。変に詮索した結果、危険な情報を知ってしまい、それが原因でいなくなってしまった人を、何人か知っている。

　好奇心は身を滅ぼす。この数か月で学んだことだ。


「ベニオ！　お客様がお見えだ！」

　部屋の準備が終わったころ、オヤジさんの声が聞こえた。

　ベニオは建物を飛び出して、桟橋へと走る。

　桟橋には数名の男女が集まっていた。

　その中の一人に、ベニオは目が行った。

　みんな二十歳を超えた大人に見えるのに、一人だけ十代後半くらいの少女がいたのだ。ベニオより年上のようだったが、二つか三つくらいしか変わらないだろう。

　顔立ちはキリッとしていて、意志の強そうな瞳が印象的だった。

「備品のほうは自分たちが運んでおくので、カレンさんは先に休んでください」

　二十代半ばくらいの男性が、少女――カレンに向かってそんな風に言ったので、ベニオは驚いた。まるで年上を相手にするような言い方だ。

「悪いわね」

「いえいえ。じゃ、よろしくお願いします」

男性はそう言って、船のほうへ引っ込んだ。

「ようこそいらっしゃいました、カレンさん」

すかさず、オヤジさんがカレンに話しかける。

「お部屋の用意はできています。何かあったら、何でもこのベニオに言いつけてください」

ベニオは反応が遅れた。

——この人が、例のお客様？

「おいベニオ。何ボサッとしてんだ。お荷物をお持ちして、お部屋までご案内しろ」

「はい！」

ベニオは慌ててカレンから旅行鞄を受け取ると、

「こちらです」

と言って、部屋への道を歩き始めた。

自分と大して年齢の変わらない人がＶＩＰ待遇というのは妙な感じだった。

とはいえ、彼女をもてなすのが今日のベニオの仕事だったので、すぐに頭を切り替えた。

「お部屋はここになります」

「綺麗な部屋ね」

カレンはどすっとベッドに座ると、部屋を見回しながら言った。

「ありがとうございます。シャワーはこちらについております。タオルはこちらに。夕食は18時に食堂ということなので、時間が近づいたらお迎えにあがります」

「そんなに堅苦しくしなくて大丈夫よ？　年もあんまり変わらないみたいだし」

「いえ！　お客様に失礼のないように、ということだったので！」

ビシッとベニオは背筋を伸ばす。

すると、なぜかカレンはクスリと笑った。

――あれ、なんか変なこと言ったかな？

「ごめんごめん。元気がいいなって思っただけだから、気にしないで」

ベニオが怪訝そうな顔をしたからだろうか、カレンは手をひらひらさせながら言った。

「あなた、名前は？」

「ベニオです。朱城ベニオ」

「私は紅月カレン。よろしくね」

手を差し出されたので、ベニオは握り返す。

不思議だった。

カレンは全然、偉い人って感じがしない。

きっと偉い人には間違いないのだろうが、ぜんぜん飾らない感じで、自然体で
……。

ベニオの中で偉い人というのは、まずはブリタニアの貴族だった。彼らの傲慢な言動には、心底辟易する。

また日本人でもベニオに横柄な態度を取る人もいた。雇用しているからとか、年上だからとか、男だからとか……そんなつまらない理由で、ベニオを自分の道具みたいに扱うような人を、何人も見てきた。

彼らはたしかに、ベニオより偉いのかもしれない。でもそんな風に扱われて気

持ちのいい人なんて、いないと思う。

カレンからはそういう嫌な感じがしない。

港のオヤジさんに「もったいない精神は捨てる」と言わせるほどの人なのに。

「ベニオ?」

カレンが声を上げた。

「え。あ、ごめんなさい」

ずっと手を握ったままだったみたいだ。慌てて手を離す。

「では何かありましたらベルでお呼びください。私はこれで」


夕食後、ベニオは港の倉庫に向かった。

日中、カレンの部屋の準備をしていた関係で、掃除が終わっていなかったのだ。

別に一日くらいやらなくてもどうってことないのかもしれないが、やはりそこは自分の仕事。毎日一生懸命働く港の人たちのためにも、手を抜きたくなかった。

それに、カレンのほうも夕食のあとは部屋に引っ込んで出てくる気配がなかった。長旅できっと疲れているのだろう。小耳にはさんだところによると、インドのグジャラートまで行ってきたらしい。

「あれ？」

倉庫の入り口についたベニオは眉を寄せた。

シャッターが閉まっていたのだ。鍵もかかっている。

時間は八時かそこらだ。この時間帯だと、まだ作業員たちの出入りがある。シャッターなんて閉めていたら作業の邪魔になるような気がするけど……。

そう言えば、今日に限っては、船の出入りもなく、港は静まり返っていた。

「今日はみんな休みなのかな？」

つぶやきながらベニオはポケットからカードキーを出して、シャッターを開けた。みんながいるうちに掃除が終わらない場合、施錠するのはベニオになる。いちいち事務室まで取りに行くのは面倒だったので、あらかじめ持ってきておいた。

中に入り、掃除用具を取りにいこうとして、

「⁉」

ベニオはそれを見つけた。

コンテナや木箱など、さまざまな物品が敷き詰められた奥に、赤いナイトメア

フレームが屹立していた。

行政特区日本で、ベニオを救ってくれた機体だった。

間違いない。

間違えるはずが、ない。

でもどうしてこんなところに？　昨日まではなかったはず……。

すぐにベニオの中で話がつながる。

あの紅月カレンという少女が、特別扱いされていた理由――。

それはこの機体のパイロットだからではないか？

つまり彼女は黒の騎士団の生き残り――エースクラスの、パイロット……。

「おいおまえ、そこで何してる!?」

「はひ！」

「なんだベニオか。どうした、こんなところで」

声の主は港の責任者のオヤジさんだった。

「掃除をしようと思いまして」

ベニオが答えるとニヤリとオヤジさんは笑う。

「仕事熱心でいいな。紅月さんもすっかりくつろいでいるみたいだ。よくやった。じゃあ最後の仕上げだ。紅月さんの部屋に外側からつっかい棒をしてこい。中から開けられないようにな」

「え？」

「やり方はわかるだろう？　さあ早く行け」

「ちょっと待ってください。どうしてです？」

まさかベニオから質問されると思っていなかったのだろう。オヤジさんはバツの悪そうな顔をした。

ベニオはときどきオヤジさんから不審な指示を受けることがあった。明らかに怪しい荷物を倉庫にしまう仕事など、違法だとすぐにわかる場合も多かった。けれどいつも黙って指示に従った。

知りすぎるということは危険なことなのだ。ブリタニア帝国でイレヴンとして暮らすベニオは、そうやって身を守っていくしかない。

けれど今回、ベニオは黙っていることができなかった。

だってカレンさんは、私を救ってくれた人――。

「カレンさんを閉じ込めてどうするつもりなんですか？」

「おまえは知らなくていいことだ」

低い声で、オヤジさんは言った。

「……」

そんなオヤジさんをベニオはじっと睨みつける。

「俺の言うことが聞けないのか？　行くところがなくて道に寝そべってたおまえを拾ってやったのは誰だ？」

ベニオは黙ってオヤジさんを見つめる。

たしかにオヤジさんには感謝している。けれどベニオにも譲れないものがあった。

「――わかりました」

ベニオは口でだけ従順な返事をすると、オヤジさんに背を向け、カレンの部屋に向かって駆けていった。

❖　❖　❖

紅月カレンはベッドに寝そべって天井を見上げていた。

「朱城ベニオ、か……」

つぶやくように言う。

元気よく働いている様子は好感が持てた。

同時に、あんなにいい子でも、日本人《イレヴン》だというだけで学校にも行けず港でこき使われているのだと思うと、天井を見る目が鋭くなる。

――トントン。

「はい」

ノック音に答えると当のベニオが部屋に入ってきた。

「何か用？」

「カレンさん。逃げてください。ここは危険です。責任者のオヤジさんはカレンさんたちのことをブリタニアに売るつもりです！」

「――！」

カレンはすぐさま携帯端末を取り出すと、仲間へと連絡を繋いだ。

「私よ。出発を早める。港にブリタニアへの内通者がいたことがわかったの。みんなは船の準備を。私は紅蓮を回収して合流する」

そんなカレンの様子を、ベニオはきょとんとした顔で見ている。

「私の話、信じてくれるんですか？」

「ええ。あなたは嘘をつくような子には見えないから」

自分でも驚いたが、カレンの直感はベニオを信じろと告げていた。

それに、港を早く出るに越したことはない。停泊時間が長ければ長いほど危険は増すのだから。

「ごめんねベニオ。ちょっと痛いけど我慢して」

カレンはワイヤーを取り出し、ベニオを縛り始めた。

「え？　え？」

戸惑った様子のベニオに、カレンは説明する。

「港の人たちとかブリタニア人たちに何か訊かれたらこう答えるの。『紅月カレンとその仲間たちに捕まってここに放り込まれた』って。そうすればあなたは何も罪に問われない。この港で働き続けられる」

「そんなことしたら紅月さんたちが悪者にされちゃいます！」

「悪者扱いには慣れてるわ」

肩をすくめて言いながら、カレンはベニオをぎゅうぎゅうと縛りつける。

「――私も連れてってください」

ベニオの言葉に、カレンは虚を突かれる。

「私、身寄りがなくて。どこにも行くところがないんです」

「ダメよ。私たちは指名手配犯なのよ？　一緒にいたら危険だわ」

「違います！　カレンさんたちは正義の味方です！」

カレンは真摯な瞳にまっすぐ射すくめられ、言葉を失う。

正義の味方――。

ゼロは……黒の騎士団は、いまだに日本人にとって希望なのだ。

そしてだからこそ、いまはまだ――ベニオを仲間に加えるわけにはいかない。

「いま、私たちは水面下に潜っていなければいけない。もしあなたにその気があるなら……そのときが来たら、私のところに来なさい」

「そのとき？」

「成功すればわかる。いいえ、絶対成功させるから。だからいまは待っていてほしい」

「……わかりました」

「ありがとう」

ベニオを縛り終えたカレンは、部屋を飛び出していった。

カレンは倉庫へと走る。
そこには赤いナイトメア——紅蓮弐式が屹立していた。
飛び乗って起動を確認。破壊されていたわけではなくてホッとする。
それもつかの間——。
《見つけたぞ！　赤いナイトメアだ！》
白いナイトメア——ナイトポリスが四機、倉庫に滑り込んできた。
「危ないところだった」
カレンの手によって紅蓮弐式が動き出す。
予備パーツで作られた右腕は、爪が三本しかない。

しかし、カレンによって魂を吹き込まれた紅蓮弐式は、そのようなハンデなど感じさせないほど滑らかに発進した。

周囲の荷物を蹴散らしながら、紅蓮弐式は進む。

ナイトポリスは紅蓮弐式を囲むようにして隊列を組むが……。

《遅い！》

紅蓮は飛燕爪牙《スラッシュハーケン》を射出、アンカーが一機の頭に突き刺さる。

そのまま紅蓮は飛燕爪牙《スラッシュハーケン》を横に引いた。

引きずられたナイトポリスが、他の三機を巻き込んで転倒する。

衝突し合ったナイトポリスたちは倉庫の壁に叩きつけられ、戦闘不能に陥った。

それらをしり目に、紅蓮弐式は外へと飛び出す。

直後、紅蓮は多数のナイトポリスに囲まれた。

港の責任者の男から連絡を受けたブリタニア警察は、紅蓮弐式の戦闘力を警戒して、あらかじめ大量のナイトポリスを投入していたのだろう。

しかし、紅蓮弐式に向かってくるナイトポリスは、さながら炎に群がる羽虫のようなものだった。

紅蓮弐式が小刀――呂号乙型特斬刀を一閃しただけで、三機のナイトポリスが崩れ落ちた。

その隙を突こうと五機のナイトポリスが接近してくるが、紅蓮弐式は輻射波動機構を稼働――五機まとめて破壊した。

それによって開いた隊列の穴に、紅蓮弐式は飛び込んだ。

目指す先は――船。

一艘の船が港でエンジンを温めていた。

甲板へと紅蓮弐式が飛び乗るなり、船は急発進する。

《逃げられた！　海上に包囲網を張れ！》

飛び交う警察官の怒号を背に、カレンたちは港を後にした。

＊

数か月後――。
港の食堂で、ベニオはその放送を目にした。

《私は、ゼロ。日本人よ、私は帰ってきた！》
ゼロによる突然の全国放送。
食堂内が一瞬静まり返ったかと思うと、爆発したように歓声が上がった。
「ゼロだ！　やっぱり生きてたんだ！」
「これでブリキ野郎どもの天下も終わりだ！」
ゼロの復活――それは新たなる希望だった。
日本人たちはお祭り騒ぎになった。
しかしただ一人――ベニオだけは違った。
ただ黙って、テレビに見入っていた。
けれど、そこに見えていたのはゼロではない。
ベニオの目に映っていたのは、紅蓮弐式の姿と、紅月カレンの精悍な顔だった。
ベニオは知った。あのとき、カレンが自分に言った言葉の意味を。
・・・・・・・・・そのときが来たら、私のところに来なさい。
――トウキョウへ行こう。
そして、黒の騎士団に入ろう。

「カレンさん。私、頑張ります」

ベニオは一人、テレビに背を向け歩き出していた。

▶Side:カレン

第3話「朱城ベニオ／加莉サヴィトリ」

Side:KAREN

復活したゼロは、処刑されかけた仲間たちを、鮮やかな手並みで救った。

その知略と大胆な作戦を目にした人々は、彼が本物のゼロであると確信する。

結果、全国から黒の騎士団への入団希望者が続々と集まってきた。

その中には朱城ベニオの姿もあった――。


中華連邦総領事館内、黒の騎士団拠点。

団員用の簡易宿舎――。

六人部屋の二段ベッドの上の段で、朱城ベニオは天井を見上げていた。

ゼロの復活を目にしてすぐにトウキョウへと旅立ち、黒の騎士団に入団してから数日――。

ベニオはまだカレンと会えないでいた。

遠目に見ることすら叶わなかった。やはり幹部は居住区域からして違うのかもしれない。

下の段からは、ギシギシという寝返りを打つ音が聞こえてくる。

緊張して眠れない様子だ。

――わかるなぁ。私もぜんぜん眠れない。

何と言っても明日は模擬戦形式の訓練だ。実際にナイトメアフレームを操縦して、適性を見る。それで適性なしとされた場合は、バックヤード勤務になるか、あるいは歩兵だ。

すでにシミュレーター訓練で、基本的な操縦方法などは教わっている。

とはいえ、実機に乗るとなると、やっぱり緊張感が違った。

まあたぶん自分はバックヤード勤務だろうなーと、ベニオは思っている。掃除、洗濯、料理はそこそこできるし。

でももし――万が一の話だけど――ナイトメアフレームに乗れるのであれば、乗りたい。

少しでもカレンさんの近くを歩きたいから。

❖　❖　❖

地下――模擬戦場。

黒の騎士団の新兵の前に立つのは、十代半ばと思しき少女だった。

眼鏡をかけた理知的な顔。

すらりとした体躯。

浅黒い肌。

新兵たちは不審げに彼女を見つめている。模擬戦の指揮を執るにしては若すぎるからだ。

「技術部の加莉サヴィトリです」

素っ気なく事務的に、少女――サヴィトリは告げる。新兵の視線など歯牙にもかけていない。

「模擬戦に使用する弾丸はすべてペイント弾を使用します。スタントンファーはゴム製。スラッシュハーケンの先もゴム製。とはいえ、勢いよく攻撃すれば〈無頼〉程度の耐久力では破壊されることもあります。あまり無茶はしないでください。

死んだとしても自己責任でお願いします」

「「「了解！」」」

威勢よく新兵たちが答え、模擬戦大会が始まった。

❖　❖　❖

モニタールーム。

防弾ガラスの向こうでは、ナイトメアフレーム〈無頼〉による模擬戦が繰り広げられている。

その様子を見つめるサヴィトリの目は冷たかった。

「はい、そこまで。次の人と交代してください」

冷ややかな口調で言う。

「用意、はじめ」

そしてまた、ナイトメア戦が始まる。

サヴィトリは戦いを見ながら、手元のタブレット端末に新兵の戦闘データを入力していく。

曰く、「失格、失格、失格……」

一見しただけでそれとわかるくらい、ナイトメアフレームに搭乗する適性のない者ばかりだった。

ため息を喉の奥に押し込み、サヴィトリは次々と新兵に模擬戦を続けさせる。

「やってるわね」

と、背後から声がして、サヴィトリは後ろを振り返った。

「カレンさん？」

かすかにサヴィトリの表情が明るくなる。

「どうしたんです、こんな野蛮なところに」

明るい表情が見えたのも一瞬のことで、サヴィトリは例の仏頂面に戻る。

「野蛮？」

「彼らですよ」

訊き返したカレンに、サヴィトリは視線で模擬戦会場のほうを示す。

「彼ら、どうして志願したんでしょうね？　操縦技術もない。知識もない。教養もない。けれどみんな、『やる気だけは人一倍あります！』なんて言いながら、ナイトメアフレームに乗る。それであのザマです」

「相変わらず辛辣ね」

カレンは苦笑する。

「事実を述べているだけです。えーっと次は……」

二機の無頼が、戦闘フィールドに進み出る。

《朱城ベニオ！　十六歳！　コウベから来ました！　よろしくお願いします！》

片方の無頼のスピーカーから、可愛らしい声が響いた。緊張しているのか、声が少し裏返っていた。

「あの子、別に就職の面接じゃないのに」

くすくす笑うカレン。

「また低能そうなのが出てきた……」

頭痛を我慢するように頭を押さえるサヴィトリ。

会場内からも、そこかしこから笑い声が響いた。

「では、始めてください」

サヴィトリが合図を出した瞬間――。

ベニオの無頼が消えた。

少なくとも、新兵たち、そしてカレンとサヴィトリを除く、一般の黒の騎士団員の目には、ベニオの乗る無頼が消えたように見えた。

直後、ガツン、と鈍い音がして、新兵の無頼が前のめりに倒れる。

何のことはない、ベニオは無頼を急加速させ、相手の後ろに回り込んだだけなのだ。そしてスタントンファーで後頭部を一撃。

しかし、その動きは他の新兵たちとは一線を画していた。

「へえ、やるじゃない」

カレンはニヤリと笑う。

「――ビギナーズラックですよ」

サヴィトリは眉一つ動かさず、言う。

しかし手元のタブレット端末には、朱城ベニオの項目に「保留」と書かれている。

本日初めての保留だ。

「負けた方、交代してください。朱城さんは引き続き搭乗し、模擬戦を続けてください」

《了解です！》

次の無頼がフィールドに現れる。

「始めてください」

敵無頼はベニオの回り込み作戦を警戒したのか、初動は守りの姿勢を取った。

対するベニオは悠々とアサルトライフルを抜き、ペイント弾を乱射。

カラフルに装飾された敵無頼は、実戦では蜂の巣になっていたはずだ。

会場が水を打ったように静かになる。

「勢いだけじゃない。冷静に敵を見る目もあるみたいね」

カレンは言った。

表情は真剣だ。

これから仲間になる人物を、じっくり品定めする目。

「パイロット交代」

サヴィトリが言う。

「黒の騎士団正規パイロットの方、誰でもいいので朱城さんの相手になってあげてください」

　――最終試験。

　正規のパイロットとの模擬戦。

　一種の実戦形式だ。

　勝てるとは、毛頭、考えていない。

　シミュレーター訓練――および、数回の実機による模擬戦経験だけで、正規パイロットと互角に戦えるはずなどないからだ。

　圧倒的に実力差のある相手にどう挑むのかを見るのが目的だった。

　しかし、誰も出ていこうとしない。

　ベニオの操縦適性の高さに、皆、気圧されていた。

　と、

「てめえら新入り相手に何ビビッてんだ！　情けねえな！」

　会場に一人の男が入ってくる。

　玉城真一郎だった。

「いいだろう！　ここはゼロの親友玉城様が、世間の厳しさってやつを教えてやるよ！」
言いながら、玉城は無頼に飛び乗った。
《よろしくお願いします！》
ベニオの無頼が軽く頭を下げる。
《おうよ、いつでもいいぜ！》
「では、始めてください」
先に仕掛けたのはベニオだった。
正面から進撃し、スタントンファーを振り抜く。
玉城もまた、真正面からその攻撃を受けた。
ガシン！　と派手な音がして、二本のトンファーが競り合う。
《わわっ》
しかしベニオ機は勢いに負けて、大きくのけぞった。
その腹めがけて、玉城機が鋭い打撃を繰り出す。
思いっきり吹っ飛び、背後の壁にたたきつけられるベニオ機。
「玉城さん手加減なしかー」

「大人げないー」

会場からそんな声が漏れる。

《バカ野郎！　あんなのも受けられなかったら実戦じゃ即死だぞ！　――お？》

玉城が言い返していると、ベニオ機がむくりと立ち上がり、スタントンファーを構え直した。

《いいじゃねえか！　気に入ったぜ新入り！》

玉城機が急接近し、スタントンファーを繰り出す。

受け止めきれず再び吹っ飛ばされるベニオ機。

だがそれでも、ベニオ機は立ち上がるのをやめない。

何度倒れても、何度吹き飛ばされても――。

❖　❖　❖

――前に、進むんだ。

ベニオは歯を食いしばり、操縦桿を握りしめながら、思う。

打撃の衝撃で頭がくらくらする。

ナイトメアフレーム内がこんなに揺れるなんて知らなかった。

さっきコックピットを一撃されたとき、一瞬だけ意識が飛んだ気がする。脳震盪でも起こしたんだろうか？

けれど意識が回復したとき、ベニオが最初に取った行動は、立ち上がり、前を見据えることだった。

目の前の敵を、まっすぐ見つめる。

——私は進むんだ。

前に。

前に——！

——行政特区日本の事件で、私はお父さんもお母さんもいなくなった。親戚は最初からいない。少しいた友達とも、あのとき以来、別れ別れになった。きっとほとんどの子が、あのとき死んじゃったんだと思う。
・・・・・・
私だけが、生き残った。

本当なら私も、あのとき死ぬはずだったんだ。

そこを生かされた。
カレンさんに。
だから、私は……！
ベニオ機が、立ち上がる。
ざわざわとざわめく会場。
その声が遠い。
まっすぐ前しか、ベニオには見えていない。
——私は立ち止まらない。
立ち止まりたくない。
進むんだ、前に——。
・・・・・・・・・・・
一歩でもカレンさんの近くへ‼

❖　❖　❖

「模擬戦なんですよ⁉　無茶しないでって言ってるでしょ‼」

モニタールームの中で、サヴィトリの声が響く。

焦りとも困惑ともとれる声音。

入団したての新兵であそこまでしぶとく戦おうとする者を、サヴィトリは初めて見た。

おまけにサヴィトリの声はベニオには届いていないらしい。ベニオ機は相変わらず立ち上がり、玉城機へと突撃を繰り返している。

「仕方ありません。強制終了します」

「待ってサヴィトリ」

だがカレンが間に割って入ってくる。

「もう少しだけ、あの子の戦い、見せてくれる?」

「カレンさんがそうおっしゃるなら……」

そのときだった。

ベニオ機が、玉城機の攻撃をかわした。

玉城機は勢い余ってスタントンファーを振り抜くと、一瞬だけ、バランスを崩す。

そこをベニオ機は見逃さなかった。

《玉城いいいいいいいいいいい‼》
咆哮にも似た、幼い声。
《な！　呼び捨て⁉　大先輩に向かって何だその口の利き方——ぎゃ‼》
飛び上がったベニオ機が、落下の勢いに乗せて、脳天からスタントンファーを振り下ろした。
もろに攻撃を受けた玉城機は地面に沈む。
その上に覆いかぶさるようにして、ベニオの無頼が倒れ込んだ。
《いってぇ……ってぇおい、新人。何してんだ》
玉城が文句を言うが、ベニオからは返事がない。
ベニオは力尽きて気絶していた。

❖　❖　❖

「——うーん？」
目を開くと、天井が見えた。

どうやら自分は、布団の中にいるらしい。

「気がついた？」

声のするほうを見る。

丸椅子に座って、ベニオを覗き込んでいる顔があった。

目鼻立ちの整った美形。意志の強そうな瞳――。

「か、カレンさん‼」

跳ね起きるベニオ。

「どうしてここに⁉　っていうかここはどこです⁉」

「医務室よ。あなた、模擬戦中に気絶して、ここに運ばれたの」

急に記憶がはっきりしてくる。

玉城先輩と戦って、目の前にいる彼をぶっ飛ばそうとナイトメアを跳躍させて
――。

そこで記憶が途切れている。

「ご迷惑おかけしました！」

「大丈夫。それから、はい、これ」

カレンはポン、と布団の上に書類を放り投げる。

辞令――。

そこに書かれている文言。

『貴殿、朱城ベニオを自在戦闘装甲騎部隊《ナイトメアフレーム》へと配属する』

「え？　嘘？　どうして？」

「今日いちばん操縦がうまかったのはあなたよ。自信を持って。それから……」

カレンはベニオの手を握る。

「コウベの港ではありがとう。本当に助かったわ。あのときは連れてきてあげられなくてゴメンね。もっとも、まさか本当に自分からやってくるなんて思わなかったけど」

「えへへ……」

照れ笑いを浮かべるベニオ。

「そんなことを言ったら私だって……ありがとうございます、カレンさん。助けてくれて」

ちょっと首を傾げるカレン。

「行政特区日本の事件のとき、私、紅蓮弐式に助けてもらったんです。カレンさんですよね？　ありがとうございました。ちょっとでも恩返しできてたら、嬉しいです」

「そう」

目を細めるカレン。

「ようこそ、黒の騎士団へ。頑張りましょう」

「はい！　頑張ります！」

後編

「あれ？　あの子だれ？」

「見慣れない子」

「カガリ？　変な名前」

「お母さんが、ほら……」

「ああ、東の？　最近ブリタニアの属国になったっていう」

「そうそう。いま内戦になってるって話の――」

――加茹サヴィトリは、学校の中を歩いていると、いつも陰口を叩かれた。

敵対する国家出身の親を持つ彼女は、異分子だったから。

彼女を多くの人々がさげすんだ。

だからサヴィトリは力を得るために勉強した。幸い、頭はよかった。そのせいで飛び級して学年を進んでいったから、より異端視される結果にもなったが、知性はサヴィトリの防壁になった。

頭さえよければ、誰かと群れなくても問題はないからだ。

研ぎ澄まされた刃のようになった彼女に、わざわざ近づく者もいなかった。

サヴィトリは十二歳で教育を終えると、すぐに、中華連邦・インド軍区にある研究所で働くようになった。父親がそこで働いていたからだ。ラクシャータ・チャウラーと関わりのある研究所で、現在は秘密裏に黒の騎士団を支援している。

若く、優秀だが、コミュニケーション能力に難があり、人を寄せつけない――。

これが研究所内でのサヴィトリの評価だ。

研究・開発はチームプレーだ。ラクシャータを含め、奇抜な性格の人物は多いが、サヴィトリのように他者に壁を作るわけではない。

彼女は研究所でも独りぼっちだった。

だから――サヴィトリのエリア11行きを止める者は誰もいなかった。

地下に潜伏する黒の騎士団を支援するために技術者を送ることになったのだが、その白羽の矢がサヴィトリに立ったのだ。

紛争地帯。しかも対国家テロ組織への参加――。

十代半ばの少女が行くようなところではない。

けれど誰も反対しなかった。

唯一、父と母だけは、

「サヴィトリ。行きたくなければ行かなくてもいいんだぞ?」

「別に、無理に研究者を続ける必要もないわ。もう一度学校に行ってもいいんだし……」

そんな風に言ってくれた。

けれど、研究者として生きる以外に社会で居場所を見つける方法を、サヴィトリは知らなかった。

それに――どこに行ったってどうせ同じだとも思った。

むしろ、自分がいなくてもこちらの研究所が回るのであれば、自分はほかのところに行ったほうがいいのではないかとさえ思った。

「行きます。父さんはラクシャータ先生のところで開発に専念してください。母さんは父さんのお世話をして」

こうしてサヴィトリはエリア11に来た。

そして結局、エリア11に来ても、彼女は異分子のままだった。

❖　❖　❖

「何か不明な点は？」

「大丈夫です！」

ビシッと敬礼して見せる朱城ベニオを、サヴィトリは胡散臭げに見つめた。

――ナナリー新総督拿捕作戦。

ログレス級の浮遊航空艦でやってくるナナリー新総督を太平洋上で捕縛し、捕虜にするというものだ。

なぜ新総督を捕虜にする必要があるのか、サヴィトリたちにはあまり明確に説明されていない。

いつものとおり、ゼロにはゼロの戦略的な理由があるのだろう。

自分はするべきことをするだけ、と割り切ってここにいるから、サヴィトリはあまり気にしてはいなかった。

そして目の前のベニオも気にしていない様子だ。

ベニオの任務はVtolを操縦し、紅蓮弐式をログレス級まで送り届けることだった。

送り届けた後は、ラクシャータたち中華連邦亡命組が乗る潜水艦と合流する。

しかし――本当にこの子は大丈夫なんだろうか？

サヴィトリは不安を覚えずにはいられなかった。

ベニオは何やら鼻歌などを歌いながらVtolの点検をしている。緊張感がまるでない。これからピクニックにでも行こうかというような雰囲気だ。

彼女がナイトメアフレームやVtolの操縦適性に恵まれていることは知っている。

実際、データだけで言えばまさに適任だと思う。

でもベニオはまだ十代半ばの小娘だ。自分だって人のことは言えないが、サヴィトリは幼いころからきちんと技術開発の教育を受けている。

しかしベニオは違う。

「どうしたの、サヴィトリ。怖い顔して」

後ろから声をかけられる。

紅月カレンだった。

「――もともとこういう顔です」

むすっとサヴィトリは答えた。

ベニオに対する不安を話すつもりはない。カレンはこれからベニオの操縦するVtolで敵地まで運ばれるのだから、わざわざ縁起の悪い話をする必要はない。

「ベニオのことでしょ？」

しかしカレンにはお見通しらしかった。

「大丈夫。彼女ならやれるわ」

「実戦経験もないんですよ？」

「でも勇気もあるし、行動力も判断力もある。話さなかったっけ？　コウベ港で下働きの女の子に助けられた話」

「朱城さんが、その子なんですか？」

にわかには信じられなかった。

学もない、ただやる気だけしかなさそうな小娘。機械を操作するセンスは、まあまあるみたいだけど、それだけ。

サヴィトリには正直、そう見える。

「うん。なかなか優秀な子だと思う。戦争に向いてるのかどうかは、わからないけど。ちょっと優しすぎるかな」

寂しげに目を細めるカレン。

「もし日本がブリタニアに支配されてなくて、平和だったら――もっと別の場所で、幸せに生きていけた子なんだと思う」

カレンの言葉に、妙にイラついてしまう自分を、サヴィトリは自覚する。

――もっと別の場所で幸せに生きていける。

羨ましかった。

自分には、うまく生きていける場所なんて存在しそうにないから。

「あまり感情移入しすぎないほうがいいと思います。まだ新入りです。いつ死ぬかわからないし、裏切られるかもしれない」

「気をつけるわ」

カレンは苦笑しながら、ベニオのところに近づいていった。作戦の確認をするのだろう。

そんな二人の様子を、サヴィトリは黙って見つめていた。

❖　❖　❖

空を駆る、多数の自在戦闘装甲騎《ナイトメアフレーム》。

無頼の群れ。

藤堂、仙波、朝比奈、千葉の操る月下。

そして先頭には赤い機体——カレンの乗る紅蓮弐式。

Vtolに誘われて現れた、黒の騎士団の機体群。

《黒の騎士団⁉》

浮遊航空艦隊を指揮するアプソン将軍の叫び。

戦闘機が浮遊航空艦から出撃し、黒の騎士団を迎え撃つ。

《何やってんだ玉城！》

玉城のVtolとそれに運ばれていた南の無頼が戦闘機の弾丸を受け、破壊される。

だが他の機体は無事、ログレス級の浮遊航空艦までたどり着いた。

次々とログレス級の背に着地するナイトメアフレームたち。さながら草食動物に群がる肉食獣のようだ。

その中には、紅蓮弐式の姿もある。

《切り離します！》

ベニオは素早くログレス級の上までVtolを接近させると、紅蓮弐式を下ろした。

《ありがとう、ベニオ》

《はいです！　がんばってくださいい、カレンさん！》
Vtolを旋回させ、ベニオは他のVtolとともに離脱した。

❖　❖　❖

潜水艦に合流すると、ベニオはすぐモニタールームへ向かった。

「サヴィトリさん、カレンさんたちは⁉」

ベニオの問いに、サヴィトリは答えることができない。

モニターには、フロートユニットを搭載したナイトメアフレーム群が、黒の騎士団を襲撃している様子が映し出されている。

コーネリア・リ・ブリタニアの騎士ギルバート・G・P・ギルフォードのヴィンセントと、グラストンナイツのグロースターだった。

❖　❖　❖

浮遊航空艦の背――限られた足場。

その状態で、縦横無尽に飛び回るフロートユニット搭載の機体と戦うのは、あまりにも分が悪すぎる。

《空が飛べなくたって！》

しかし、カレンたちの士気は下がらない。

黒の騎士団は果敢に反撃する。

藤堂の月下が空中にスラッシュハーケンを射出――一機の敵グロースターに直撃、空中に礫になる。

《今だ、紅月くん！》

《はい！》

その隙にハーケンの上を紅蓮が滑走し、グロースターに接近――右手の輻射波動で破壊した。

だがそのとき、海上に白い戦闘機が出現。

ナイトオブスリー――ジノ・ヴァインベルグの操るトリスタンだった。

トリスタンはログレス級の上でナイトメアフレームへと変化《へんげ》すると、二本のソードを連結し、一振りする。

朝比奈の乗る月下が破壊された。

その向こうには、ナイトオブシックス――アーニャ・アールストレイムの操るモルドレッドの姿もある。

ナイトオブラウンズの参戦――。

劣勢であることは明らかだった。

❖　❖　❖

「ギリギリね……何とか持ちこたえているけれど」

モニターの前で、サヴィトリがつぶやくように言う。

ベニオはただ、手を握りしめながらモニターを見つめる。

❖　❖　❖

藤堂機と仙波機のペアとカレン機と千葉機のペアという形で、主力が分散してしまっていた。

結果、カレン機と千葉機の部隊は防戦一方になりつつあった。

それでも圧倒的に不利な状況を持ちこたえる姿は圧巻だ。

だがそんな中、カレン機――紅蓮弐式に、新たな弾丸が飛来する。

紅蓮は右手の輻射波動で弾丸を防いだが、その先にいたのはまさに死神と言っていい存在だった。

ランスロット・コンクエスター。

搭乗者は、枢木スザク。

その後ろには、同じくフロートユニットを搭載したグロースターが二機。

二機のグロースターが、ログレス級に乗り移り、黒の騎士団の機体を破壊して回る。

この状況で、さらなる戦力の投入。

絶望的な状況だった。

《カレン。僕はナナリーを助けなくちゃいけない。いまさら許しは請わないよ》

ランスロットが右肩上に巨大な砲身――ハドロンブラスターを展開。
《隠れろ紅月！　艦内に入れば……》
千葉が叫ぶ。
《でも、みんなが逃げ切るまで……！》
しかしカレンはその場を動けない。
直後、ハドロンブラスターが発射される。
紅蓮は輻射波動を展開するが、競り負けた。
大破する右腕部。
銃撃はさらに紅蓮の右顔を破壊していく。
《紅月‼》
千葉の叫びも空しく、紅蓮弐式はゆらりとよろめき、海に落ちていく。
《脱出レバーを！　紅月‼》
《ダメ！　動かない！》
《整備不良⁉　こんなときに……。は――ッ‼》
千葉機の背後に現れる機体――モルドレッド。

千葉機の頭を掴む。
《おしまい。かくれんぼは》
剣で迎撃する千葉機だが、モルドレッドには傷一つつかない。
間一髪のところで千葉は脱出。
月下は握りつぶされ、爆散する。

❖　❖　❖

太平洋に落下する紅蓮弐式を見ながら、サヴィトリは、カレンがブリタニア人と日本人のハーフだと聞かされたときのことを思い出していた。

黒の騎士団員が、雑談中にポツリとこぼしたのを耳にしたのだ。

「え……？」

もちろん、サヴィトリに話しかけていたのではない。

別の誰かと雑談していただけ。

けれどサヴィトリは思わず声を漏らしていた。

たしかに綺麗な人だと思っていた。日本人にしては目鼻立ちがくっきりしていて。

でもまさかハーフなんて……。

最初に覚えたのは、激しい嫉妬だった。

私と同じなのに、と。

ハーフだったからサヴィトリは、ずっと虐げられてきた。

壁を作って、自分を守らないと生きていけなかった。

けれどカレンは違う。

どうして彼女はあんなにも輝いているの？

そしてすぐにそれは疑問へと変わった。

どうして彼女はあんなにも強くいられるんだろう？

ブリタニア人の血が流れているのに、彼女はどうしてここに――？

地下に潜り、這いずり回り、大変な目に遭いながら……。

「カレンさんは、迷わないんですか？」

だからサヴィトリは、あるときカレンに訊いた。

たしか、ゼロの復活前――地下に潜伏中にアジトがブリタニア警察に見つかったときのことだ。

命からがら逃げきれたものの、メンバーは何人か捕縛されてしまった。

仮の寝床で横になりながら、ポツリとサヴィトリは尋ねたのだった。

「迷ってるわよ、私だって。迷ってばかり。だから――」

まっすぐ前を見つめるカレン。

「この迷いに決着をつけるためにも、戦わなきゃいけないの」

――迷っていることを素直に認め、自分のなすべきことへと迷いなく突き進む。

やっぱりカレンは輝いていた。

そのときは安心して、ぐっすりと眠れたのを覚えている。

そしてサヴィトリはあのとき以来、自問し続けている。

自分も、カレンさんのようになれるだろうか。

自分なりの仕方で、強い意志を身に付けられるだろうか。

身に付けたい、と思った。

そんなカレンが、落下していた。

モニターの向こう。

脱出する気配はない。

脱出できないらしい。

――整備不良。

頭によぎったのは、その文字。

限られた物資、部品の劣化、そして直前までの激しい戦闘――あらゆる要素が重なった結果の脱出不可能。

サヴィトリの責任ではなかった。

けれど責任を感じないでいられるほど、サヴィトリは冷酷ではない。

――私のせいで、カレンさんが……？

「カレンさん！　嫌‼」

サヴィトリは叫ぶ。

❖　　❖　　❖

その瞬間――。

「――⁉」

右手を優しく包み込むものがあった。

見上げると、一人の少女と目が合った。

朱城ベニオが、小さな二つの手でサヴィトリの右手を包み込んでいる。

「大丈夫。間に合うよ」

そう言って、ベニオは優しく笑う。

戸惑った。

どうして？

ずっと私は、この子に冷たく接していた。

それなのにどうして、この子は私にこんなに優しく――。

瞬間――潜水艦が大きく揺れた。

紅蓮弐式に向けて飛翔滑走翼が発射されたのだ。

滑走翼は正確に紅蓮弐式のもとへと飛んでいき、無事に連結される。

「やったあ！」

ベニオが思いっきり抱き着いてきた。

サヴィトリはされるがままでいた。声を出すこともできず、振り払う余裕もない。

続いて紅蓮に新たな右腕部が連結される。

完全武装となった紅蓮弐式、いや紅蓮可翔式は、ブリタニア軍へ向けて飛翔
――ギルフォードのヴィンセントとグラストンナイツのグロースター二機を輻射波動によって撃破する。

さらに攻撃を繰り返し、ナイトオブブラウンズを行動不能にし、そのうえでログレス級が沈没するすれすれのところでゼロを救出。

圧倒的な働きだった。

「すごい！　やっぱりすごいよカレンさんは！　ね！」

無邪気に笑いながらモニタールーム内を踊りまわるベニオ。

「ええ、すごい」

そんなベニオに、サヴィトリはそれだけ言った。

――でもあなたも、カレンさんとは違うけど、すごいよ。

心の中で、そんな風に思いながら。

けれど言葉には出せない。
ここがサヴィトリの限界だった。
それでも、確実にベニオは、サヴィトリの心の扉にかかった鍵を開けたのだった。

▶Side:カレン

第4話「零番隊〈前編〉」

Side:KAREN

「これここで大丈夫?」

「うん」

加茹サヴィトリがうなずくと、朱城ベニオは「よいしょっ」と芝居がかった声をあげて、段ボールを床に置いた。

「けっこう時間かかったねー。でもこれで何とか暮らせそう!」

額の汗をぬぐいながらにっこり笑うベニオ。

サヴィトリとベニオがいるのは、蓬莱島の宿舎の一室だ。ベッドが二つと机が並んでいるだけの簡素な部屋。

引っ越し作業に手間取り、いつの間にか夜になっていた。

——百万人のゼロ事件のあと、黒の騎士団は蓬莱島に拠点を移した。その関係で、サヴィトリとベニオも、蓬莱島で生活することになった。

サヴィトリとベニオは同い年だから同室にされたのだった。

「わー、見て見て！　海が見えるよ‼」

ベニオが窓から夜の海を指さして騒いでいる。

「日本にいたんだから、海なんていくらでも見えたでしょ」

サヴィトリは無愛想に返事をする。顔はいつもの仏頂面。

「でもでも！　中国の海は見たことないもん！」

不機嫌そうに見えるサヴィトリに、ベニオは全然気にすることなく話しかけてくる。サヴィトリの表情の変化が普段から乏しいことに、ベニオも慣れてきたみたいだ。

だんだんと二人の中で、お互いの空気感のようなものが把握されつつあった。

サヴィトリはベニオのことは放っておいて、彼女に背を向け、荷物の整理を始める。

「わあああああ、こっちの海も綺麗だなー！　ねえ、明日は泳ぎにいこうよ！」

「そんな時間ないわよ。日本を離れたからって、ブリタニアとの戦いが終わったわけじゃないんだから」

「そっか〜、残念。じゃあさ、平和になったら一緒に泳ぎにいこうね？」

——平和、か……。

ホントに、ベニオはまっすぐだな、とサヴィトリは思う。

何でも斜に構えるサヴィトリは、そう簡単には世界に平和なんて訪れないと考えている。仮に、黒の騎士団が日本を取り戻したとしても。

たとえば、日本はもうずいぶん長い間ブリタニアの支配を受けているのだから、日本が復活したとしても、日本人以外の人間がいなくなることはないだろう。彼らは不穏分子となる。そして、日本を取り戻そうとするブリタニアの息がかかり、戦乱の火種となる……。

でも——サヴィトリは、ベニオにはまっすぐなままでいてもらいたかった。そして戦いが終わったら、幸せになってほしかった。

だから……。

「そうね。落ち着いたら、行きましょう」

そんな風に、言った。

「約束だよ？」

「ええ」

「やったー！」

ゴロゴロと嬉しそうにベニオがベッドの上を転がったのが、気配でわかった。

「ほら、ベニオも荷物の整理しちゃいなさい？　明日からまた忙しくなるんだから」

「……」

「……ベニオ？」

「…………」

反応がない。

サヴィトリは作業をやめて、ベッドのほうを見る。

ベニオはベッドに仰向けになって、寝息を立てていた。

まるで電池が切れたみたいに、突然、ストンと寝落ちしたらしい。

百万人のゼロ計画の準備やナイトメアの戦闘訓練など、連日働き通しだったから、疲れが出ているのだろう。

「……まったく、手がかかるんだから」

ため息混じりにサヴィトリは言うと、毛布を引っ張ってきて、ベニオの体にかけてあげた。

文句を言うような口調だったが、サヴィトリの表情は優しかった。

未だかつて、黒の騎士団内では誰も見たことがないような――もしかしたら、世界で誰一人として見たことがない可能性のある――相手を慈しむような笑顔だった。

❖　❖　❖

翌日――。

サヴィトリが朝、自室でナイトメア関係のデータをまとめていると、ベニオがボンヤリとした様子で部屋に入ってきた。

「ベニオ、寝ぼけてないで。これから訓練じゃないの？」

「……さんと一緒に出撃することになった」

もにょもにょ、と何やら口走るベニオ。

「何？　誰と一緒に出撃するの？」

「カレンさんと一緒に出撃することになった！　零番隊に編入されて！」

「ええ⁉」

「何か、喫緊の任務があるんだけど、零番隊だけだと人手がちょっと不安で……それで別の隊から何人か一緒に行くことになって、私も選ばれたんだ。あ、そうだ、忘れてた、オペレーターをサヴィトリにお願いしたいって」

「──私も？」

いったいどんな任務なんだろう。

「これからブリーフィングがあるから呼んできてって言われてたんだ、ごめん！」

「まったく、そそっかしいわね……」

サヴィトリとベニオは部屋を出て、会議室へと向かった。

小規模の会議室でサヴィトリたちが待っていると、続々とメンバーが入ってきた。

零番隊の面々、カレン、そして──ゼロ。

ゼロが入ってきた瞬間、一気に室内が緊張に包まれたのがわかった。普段からゼロのそばにいるカレンですら、表情がキリッと真剣になるのを見て、サヴィトリも気持ちを引き締めた。

ベニオなどはサヴィトリの隣でカチコチに固まっていて、ブリーフィングの内容をきちんと頭に入れられるのか不安になるほどだった。あとで少し確認してあげよう、とサヴィトリは思う。

「まずはこれを見てもらおう」

ゼロはモニターの前に立つと、厳かに告げた。

モニターに映し出されたのは、とある寒村の映像だった。みすぼらしい人たちが、重そうな袋を抱えて列をなし、運び出している。

と、一人の男が袋に押しつぶされるようにして倒れた。

軍服姿の男が、倒れた男の腕を掴んで引っ張り上げた。だが倒れた男はだらりと力なくぶら下がるだけで、自力で立つことができない。

軍服が男を鞭打った。

「酷い風邪を引いてるんです！」

軍服に一人の女性が縋りついた。倒れた男同様にみすぼらしい格好をしている。

「どうか休ませてあげて……」

「甘ったれるな！」

鞭で叩かれ、女性が倒れる。

「病気だと？　わかった、連れていけ。働けない者に用はない」

「ひい、まだ働けます」

倒れた男は抵抗しようとするが、なすすべもなく引きずっていかれた。

直後、銃声が響く。

映像が終了した。

「ひどい……」

ベニオが震え、涙ぐんでいた。

「いま見てもらったのは、ディートハルトの協力者から得た映像だ」

ゼロが説明する。

「場所は、中華連邦の山間部の村。任《レン》大佐という人物の軍が支配している。地形的に難所に位置している関係で、上層部の目が入りにくく、それをいいことに任《レン》大佐は圧政を敷き、富をむさぼっている。そこで諸君に行ってもらい、村人を解放する」

会議室がざわついた。

――それはつまり、中華連邦に牙をむくということ……？

サヴィトリは眉をわずかにひそめる。

カレンも動揺している様子だが、あえて口を挟もうとはしていない。ゼロに忠実な姿は、立派に見えた。また、この村の惨状を見て、単純に救うべきだと考えたのかもしれない。

だがサヴィトリは納得できなかった。

サヴィトリはたしかに黒の騎士団員だが、ゼロに忠誠を誓っているわけではない。自分の能力を生かせる場所がほかにないから、ここにいるだけだ。

だからサヴィトリは静かに口を開いた。

「ゼロ。我々は中華連邦の庇護下にあります。そのような状況でなぜ中華連邦に敵対するような行動を取るんですか？」

ぎょっとしたように、会議室の面々がサヴィトリのほうを見た。ゼロに口答えするなんて、いったいどういうつもりなんだ、とでも言いたげだ。

ベニオはオロオロした様子で、ゼロとサヴィトリのことを交互に見ている。

カレンだけは、ちょっと苦笑いをしただけだった。サヴィトリの性格をよく理解してくれているのかもしれない。

サヴィトリは会議室の空気など気にせず、じっとゼロを見つめ、答えを待った。

訊くべきことは、訊くべきだ。

ドライに。

情に流されてはならない。

作戦を成功させるためには――大切な人たちを死なせないためには。

ゼロがサヴィトリのほうを向いた。

「違うな、間違っているぞサヴィトリ。我々は中華連邦の庇護下に入ったわけではない。我々は中華連邦と対等の関係にある。そして我々は――すべての弱き者たちの味方。かの国が非道を行うのであれば、それを正すことも厭わない」

会場が熱を持つ。

そうだ、そうだ、と口に出してはいないものの、皆がゼロの意見に首肯しているのが、空気でわかった。ベニオも隣でうんうん、とうなずいている。

カレンだけがまっすぐゼロを見つめ、背筋を伸ばしている。だがその様子も、ゼロに対する信頼のようなものを感じさせ、サヴィトリは気圧される。

ゼロのリーダーシップの理由を、サヴィトリは見たような気がした。

ゼロは一瞬にして場の空気を支配してしまった。それは理屈を抜きにした制圧力で、圧倒的な説得力を生んでいた。

ゼロに心酔していないサヴィトリですら、気を抜いたら即座に呑まれてしまいそうだ。

サヴィトリが発言したことによって、かえってメンバーの結束が固まったように思う。最初は作戦に疑問を持った者が大半だったはずだが、いまは疑問を持っている者はほとんどいない。

またサヴィトリにも、中華連邦と対立する危険を冒すだけの理由があるということだけは伝わってきた。

これ以上は、今は言えないのだろう。戦略的な目標は伏せなければならないこともある。

「――口答えして申し訳ありませんでした」

サヴィトリは素直に頭を下げた。

「問題ない。当然の疑問だ。だが私を信じて、ついてきてほしい」

「わかりました」

その後、ゼロから作戦内容が説明され、ブリーフィングは終わった。

❖　❖　❖

ブリーフィング後、出撃の準備を整えていると、ベニオはカレンから呼び出しを受けた。

呼び出された先は、ナイトメアフレームの格納ドック。

カレンは赤い〈無頼〉の前で、ベニオを待っていた。

「！　これって無頼ですよね？」

ベニオは目をちょっと見開いて訊いた。

「無頼はナナリー新総督拿捕作戦のときに全部壊されちゃったって聞いてましたが、残ってたんですね」

「うん。この無頼は出撃してなかったから。これは故障しててずっとしまわれてたんだけど、一機でもナイトメアは多いほうがいいからって、急遽直して使うことになったの」

カレンは無頼を示して言った。

修復された赤い無頼は通常の無頼とは異なり、右腕部にパイルバンカーが搭載されている。

「もしよかったらなんだけど……ベニオに乗ってもらえないかなって思って」

「この無頼に、ですか?」

「うん。これ、ちょっと色が違うだけの無頼に見えるかもしれないけど……私が初めて実戦で乗ったナイトメアフレームなんだ。私はこれに乗って戦い、そしてゼロと出会った」

「‼」

ベニオは今度こそ目を大きく見開いた。

「いいんですか……?　そんな大切なものに私が乗って……?」

「ベニオに乗ってほしいのよ。ベニオになら、預けられる気がするから」

まっすぐベニオを見つめるカレン。

その顔は凛々しく、真摯な瞳は美しく透き通っていた。

「そんな……光栄です！」

ベニオは胸が熱くなるのを感じた。

同時に――絶対に期待を裏切りたくない、と思った。

今回の任務は、きっと危険なもの……。

けれど絶対に達成して、カレンさんと帰ってこよう。

ベニオはそう、固く誓った。

❖　❖　❖

深夜――。

中華連邦内の某村に、任《レン》大佐の軍の陣。

旗艦である陸上戦艦は、山の急斜面を背にして屹立している。

陣の左に登り斜面、右方向に下りの斜面がある。唯一、まともな出入り口となる部分にはそっくり村が広がっている。

下り斜面は比較的ゆるやかな地形だが、敵が来る可能性は低い。上から砲撃されて終わるからだ。背の斜面と左の登り斜面は非常に急で、かつ木々も乱立しているため、ナイトメアフレームであっても移動が困難だ。だから敵が来るとしたら村のほうからだが、その場合は村を盾にして時間を稼ぎ、下り斜面から撤退できる。

要するに、民を犠牲にして自分が生き残ろうという、卑劣な陣形だった。

「軍人とは、儲かる仕事よな、ふはは」

一人の男が、陸上戦艦の司令室で笑っている。

任《レン》大佐だった。

彼はこの村でとれる作物の半量をピンハネし、闇市に流して私腹を肥やしている。上層部も、任《レン》がやっていることには気づいているだろうが、見て見ぬふりをしている。きちんと賄賂を渡しているからだ。

政治を弁えた軍人は、中華連邦では肥えることができる。

と、通信が入った。

「何だ、こんな夜中に」

《大佐、大変です！　敵襲です！　所属不明のナイトメアフレームが数機、こちらに向かってきます！》

「ふむ、敵の現在位置は？」

聞きながら、任《レン》は策を巡らす。

おそらくは、村に続く山道を登ってきているのだろうから、可能なら村の前で撃退したいところだが……。

《もう我々の陣に入ってきています！　ぐわああ》

直後、ドーンという派手な音が陣内で響いた。

「何⁉」

任《レン》は慌ててモニターをつけ、周囲を確認する。

ナイトメアフレームが数機、陣の左の登り斜面を滑走していた。

「バカな！　あの崖のような斜面をナイトメアで降りられるのか⁉」

❖　❖　❖

任大佐《レン》軍が支配する村――。

あばら家という言葉がふさわしい家の中で、二人の男が話し合っていた。

「もうこれ以上は待ってられねえ！　俺たちだけでも蜂起すれば……！」

一人が言う。

「駄目だ」

もう一人が鋭くたしなめる。

「星刻《シンクー》様たちからの号令があるまでは、待っ」

「だが、このままじゃみんな殺されちまうぞ!?」

「堪えろ。どのみち、俺たちだけで蜂起したところで潰されるのはわかりきっている。それよりも……星刻様たちのクーデターに賭けるべきだ。それに合わせて蜂起し、一気にカタをつける。星刻様もそうおっしゃっただろう」

「くそっ」

「おい、二人とも、ちょっと来い！」

別の男が家に飛び込んできた。

「なんだ、騒がしい」

「大変なんだ。赤いナイトメアが突然現れて、軍とやり合ってる」

「赤いナイトメアだって……？」

❖ ❖ ❖

斜面を滑走する紅蓮可翔式と新機体――〈暁〉が数機。

先頭は紅蓮だ。

《行っけえええええ！》

気合いのこもった叫びとともに、紅月カレンは操縦桿を操作する。

紅蓮は斜面というよりも崖といったほうが近い場所を、猛スピードで滑走していく。そのまま中華連邦製ナイトメアフレーム――鋼髏《ガン・ルゥ》の群れの上に飛び込むと、空中で右手の輻射波動を展開。

《砕けろ‼》

紅蓮の眼下で、十数機が一撃で爆散した。

着地した紅蓮はすぐに次の獲物《ガン・ルゥ》に向かって滑り出す。その後ろで、一歩遅れて着地した暁たちが散開し、それぞれの獲物《ガン・ルゥ》を破壊していく。

一瞬にして中華連邦軍の前線は崩壊した。

紅蓮と暁たちは、前線を突破すると、まっすぐこの旗艦めがけて直進していた。

すぐに中華連邦軍の第二陣が、紅蓮たちの前に立ちはだかる。

紅蓮がスラッシュハーケンを射出する。先端が一機の鋼髏《ガン・ルゥ》に突き刺さる。紅蓮がハーケンを引っ張ると、引きずられた機体に巻き込まれて、他の鋼髏《ガン・ルゥ》が次々と倒れた。

倒れた鋼髏《ガン・ルゥ》めがけて暁が射撃。炎上し、殲滅される。

機体性能では紅蓮や暁のほうが鋼髏《ガン・ルゥ》より圧倒的に上である。一方的な戦いになるのも当然だった。

だが数の上では、中華連邦軍のほうが圧倒的だった。

《カレンさん！》

サヴィトリからカレンへ通信が飛ぶ。

《敵軍の残存勢力が包囲網を展開中。このままだと囲まれます》

《ええ!?　この子たちへの援軍はないの？》

カレンは目の前の鋼髏《ガン・ルゥ》をなぎ倒しながら言う。
《彼らは捨て駒にされたようです。数の少ないカレンさんたちが自軍を破壊している間に、包囲網を完成させるつもりなんでしょう。合理的な作戦ではあります。鋼髏《ガン・ルゥ》は機動力などの面では劣りますが、砲台として使用した場合、その攻撃性能にはそれなりの使用価値がありますから》
《わかるけど……仲間を平気で切り捨てるようなやつは嫌いよ》
顔をしかめるカレン。
そのようなやり取りをしている間に、包囲網は完成した。
円形に展開された鋼髏《ガン・ルゥ》の照準が、真ん中に取り残された紅蓮たち零番隊のナイトメアフレームに一斉に向けられた。

▶Side:カレン

第５話「零番隊〈後編〉」

Side:KAREN

夜間、中華連邦軍に奇襲を仕掛けた紅蓮可翔式の率いる零番隊。

しかし、任《レン》大佐の、仲間を見殺しにする卑劣な作戦によって、包囲されてしまった。

零番隊からすれば絶体絶命の状況。

任《レン》大佐の軍は一斉砲火をする前に一度、オープンチャンネルで紅月カレンへと通信を飛ばしてきた。

《所属を名乗れ、賊が》

《私たちは黒の騎士団よ》

カレンは低く落ち着いた声で答えた。

《黒の騎士団だと？　蓬莱島に身を寄せる身でありながらこの所業……恩知らずめが。だが、そうだな……生け捕りにすれば使いようがあるだろう。どうだ？　いま投降すれば、命だけは助けてやるぞ？》

《断るわ。あなたは任《レン》大佐ね？　民を虐げるのはやめて、立ち去りなさい》
ギリッと、任《レン》大佐が歯ぎしりする音が響く。
《この状況でまだそのような大言を吐くか！　愚かな！　いいだろう！　思い知らせてやる！　全員殺し――》
任《レン》大佐の号令で、いままさに砲火が始まるか、と思われたそのとき……。
《大佐！　伏兵です！》
《何!?　どこからだ》
《・・・後ろです!!》
任《レン》のいる陸上戦艦の背後――おそらくは最も急な斜面を、滑走してくる影があった。
赤い〈無頼〉と多数の〈暁〉だった。
《カレンさんには指一本触れさせない!!》
先頭を滑走するのは、朱城べニオの機体――赤い無頼だった。
目指す先には、陸上戦艦を守ろうと立ちはだかる鋼髏《ガン・ルゥ》の姿があった。
だが――。

《せいやああ！》

ベニオ機は右腕部のパイルバンカーを振り抜いた。

《やめろおおおお‼》

搭乗者の悲鳴とともに、一撃で粉砕される鋼髏《ガン・ルゥ》。直後、盛大な炎を上げて爆散した。

ベニオ機に続いて、次々と暁が――零番隊の本隊が敵の内部に降り立った。

暁と鋼髏《ガン・ルゥ》との交戦が始まるが、奇襲を受け、指示系統が撹乱された中華連邦軍の劣勢は必至だった。

大量の鋼髏《ガン・ルゥ》が破壊される音が陣内に響き渡った。

《赤いナイトメアは、囮だった、だと……？》

任《レン》大佐が呆然とつぶやく。

――ゼロの立案した作戦はこうだった。陣形を考えると、任《レン》大佐の軍の位置は攻め込む側にとって最悪の位置にある。また、村を犠牲にすることは避けたい。

そこで、山の斜面を利用した奇襲作戦を採ることにした。だが敵軍に気づかれず山を越えるためには、部隊を少数に限定せざるを得ない。そこで、隊を二つに分け、最強クラスの単騎性能を誇る紅蓮を囮にし、敵を引きつけたところで、背後から奇襲することにした。

崩壊した中華連邦軍を突っ切るようにして、紅蓮が突き進む。

そして陸上戦艦の前に立つと、右手の鉤爪を開き、輻射波動機構を展開。

《悪いわね。私は仲間を見捨てるようなやつが、大っ嫌いなの》

赤い光線が、陸上戦艦を呑み込んだ。

旗艦を失った中華連邦軍は、逃げるようにして村を後にしていった。

❖　❖　❖

戦闘終了後、黒の騎士団の面々は、広場で村人と話し合いを持った。

一人の男と、紅月カレンが対峙する。

「あなたがこの村のリーダー？」

「村長は別にいるが……まあ俺が中心でやってる」

「ゼロからの伝言。以後、クーデターに合わせた一斉蜂起の準備にはこの村をアジトに使えとのことよ」

「⁉　なぜそれを⁉」

「黒の騎士団の情報網を舐めないで。ここのほかにもいくつかアジトを用意してある。これが連絡先よ」

カレンは男に小さな紙を渡した。

「黒の騎士団は中華連邦と手を組んだんじゃないのか？　こんなことして大丈夫なのか？」

「私たちは、すべての弱き者たちの味方。国家どうしの関係とは違う」

「……わかった。ありがたく使わせてもらう。村を解放してくれて、ありがとう。いつになるかはわからんが、俺たちも何かできることがあったら協力するよ」

「ありがとう。じゃあ、ご武運を」

❖　❖　❖

豪奢な部屋に集まる大宦官たちの前に、軍人が一人やってきた。

「何？　任《レン》の軍が黒の騎士団にやられたと？」

「は！　村を奪還いたしますか？」

「ふふ、させておけ」

「し、しかし……」

「黒の騎士団など、所詮は蟷螂の斧。いま消さずとも、すぐに思い知ることになる。むしろ、よい見せしめになるだろう。我々に歯向かった者たちの末路としてな」

まさに大宦官たちは、天子とブリタニア第一皇子オデュッセウス・ウ・ブリタニアとの縁談を進めているところであった。

❖　❖　❖

作戦を終えて帰投した朱城ベニオは、宿舎の屋上でフェンスに寄りかかり、空を見上げていた。

わずかに空が明るくなり始めている。

《やめろおおおおお‼》

耳にこだまするのは、自分が倒した鋼髏《ガン・ルゥ》のスピーカーから聞こえた悲鳴。

任務から帰ってきて以来、耳にこびりついて離れなかった。

「そっか、私、人を殺したんだ……」

ぽつりとつぶやく。

――私は死ぬはずだった人間。その運命を、カレンさんに変えてもらって、だから この命を捧げるつもりで、ここに来た。

黒の騎士団は正義の味方。あの村の人たちは虐げられていて、自分たちの力で解放された。たぶんたくさんの命が助かった。

でも――。

「あのパイロットさんにも、お父さんとか、お母さんとか、いたんだよね……」

わかっていたはずだった。

黒の騎士団に入ってナイトメアフレームに乗れば、必然的に誰かの命をこの手で奪うことになる。できなければ死ぬだけ。

けれど実際に手にかけると、背中に重しのようなものがのしかかってくる。

「こんなところにいたの、ベニオ」

声をかけられて、視線を空から声のしたほうに移す。

「……カレンさん」

ゆっくり歩いて近づいてくるカレンは、優しい顔でベニオのことを見ている。

「ゼロが話があるって。一緒に来てくれる？」

「……はい」

「どうしたの？　元気がないわね？」

「…………」

ベニオは迷った。

いまの気持ちを――ナイトメアフレームに乗る人間として失格なこの思いを、カレンに話すべきかどうか。

けれど結局、ベニオは吐露していた。

カレンの優しいまなざしの前では、何も隠すことはできなくなっていた。

「私、今回の任務で人を殺しました。戦争だから、仕方がないことなんですけど、それでも……殺された人のことを考えると、私…………」

目から少しずつ、涙が溢れてくる。

「おうちに帰って、会いたい人もいただろうなって……。私、お父さんとお母さんが死んじゃったとき、すごくすごく辛くて。私が殺した人が亡くなって、そんな風に思ってる人だって絶対いるはずで。それから、きっとお父さんとお母さんは、私のことを遺していくの、すごくすごく辛かっただろうなって、思って……。私が殺した人も、そんな風に、辛い思いをしながら死んじゃったのかなって…………」

溢れ出す涙のように、言葉がこぼれてくる。

カレンはそっと、ベニオを抱き寄せる。

その胸にしがみつき、ベニオは泣いた。

「カレンさん、ごめんなさい。でも、私、私……！」

「いいのよ、ベニオ。いっぱい泣いて。ベニオは優しいんだね。こんなに他人《ひと》のために泣けるなんて……」

しばらくベニオはカレンの腕の中で泣き続けた。その間、カレンは優しくベニオの頭を撫でていた。

「……落ち着いた？」

やがて、ベニオが小さく嗚咽を漏らすだけになると、カレンが訊いた。

「はい、すみません…………」

ゆっくりと、カレンから離れるベニオ。

「その気持ち、大事にしたほうがいいわ」

「――え?」

「人を殺したのが、辛くて、悲しい……そんな風に思えるのは、すごく大事よ」

「でも、私たちは戦争をしているんですよね?」

「ええ。戦争は殺し合い。だから気にしないほうが、楽なのかもしれない。でも人を殺すことを何とも思わなくなってしまったら、ただの機械と同じよ。そんなのはダメ。私たちは――正義の味方なんだから。人の心を、ちゃんと持っていなきゃ」

……私たちは正義の味方なんだから……。

カレンの言葉が、すーっと体に溶け込んでくると同時に、全身にのしかかっていた重いものが、少しだけ軽くなるのを、ベニオは感じた。胸の痛みも引いてきた。

――本当は楽になっちゃいけないのかもしれない。でもカレンの言葉に救われた自分がいた。

やっぱり、カレンさんはすごい。

私はこの人のそばでなら、辛くてもきっと戦える……。

「はい、ありがとうございます」

――同時に、覚えていようと、ベニオは決めた。

今回殺した人のことを。

理想のために死んでいった、彼のことを。

顔も見たことがない人だけど、ちゃんと胸に刻み込んでおこう、と――。

「さあ、ゼロが呼んでる。行きましょう」

「はい！」


ゼロの執務室。

ベニオはカレンの後ろについて、緊張した面持ちで部屋に入った。

「朱城ベニオ。今回の戦闘、見事だった。君が先陣を切って戦線を切り開いてくれたおかげで、作戦がスムーズに進んだ。そのナイトメアフレームの操縦適性を見込んで、君を零番隊に配属したい。これからもよろしく頼む」

零番隊。

カレンさんの部下。

胸が熱くなるのを、ベニオは感じた。

「ありがとうございます！」

ビシッと敬礼するベニオ。

けれどカレンは、心配そうにベニオのことを見ている。

「ベニオ……」

先ほどのベニオを心配しているのだろう。

カッコ悪いところ見せちゃったな、と恥ずかしくなる。

「もう大丈夫です、カレンさん。私、頑張ります！」

❖　❖　❖

その日の夕方、零番隊のメンバーによって、ベニオの歓迎会が開かれた。

簡単な飲み物とお菓子があるだけの、ささやかなものだった。立食スタイルで、みんなで雑談をするだけの、フランクな会だ。

サヴィトリは技術部なので厳密には零番隊所属ではないが、今後、零番隊のナイトメアフレームの整備を中心に担うことになりそうだということで、呼ばれた。ゼロも同席していたので、若干の緊張感はあったが、会は和やかに進んだ。

「なんだか変な感じねー」

ジュースを片手に、カレンがふと思い出したような感じで言った。

「何がです？」

ベニオが尋ねる。

「私、黒の騎士団だと一番年下だったし、兄弟もお兄ちゃんが一人いただけだから……。妹がいたら、ベニオみたいな感じだったのかなって」

「カレンさんがお姉さんだったら、鼻高々ですね！　友達みんなに自慢しちゃいます！」

「ふふっ、ありがとう」

「――兄弟はいるのか、ベニオ」

ゼロが口を挟む。

「――‼　い、いえ、いません！　一人っ子です！」

明らかにカチコチに緊張するベニオ。

「そんなに緊張しなくても大丈夫よ、ベニオ」

カレンが苦笑する。

「ダメです～無理です～～～だってゼロですよ⁉　私たち一般庶民からしたら雲の上の存在……」

「あなたはもう、そのゼロの直属部隊にいるんだから。ほら、胸張って」

ぽん、とカレンがベニオの背中を叩く。

「うわ～わかりました！」

そんな様子のベニオを見て、ゼロが笑ったように感じたのは、サヴィトリの気のせいだろうか。

そのとき、背後から視線を感じて、サヴィトリは振り返った。

会場の扉が開いていて、その隙間から、一人の少年がこちらを覗いていた。

彼の名前はたしか、ロロ・ランペルージ。いつの間にか黒の騎士団にいて、どうやらゼロの直属のようだが、正体は不明。

部屋に入るわけでもなく、ただ扉の隙間からじっとこちらを――ゼロと話をするベニオを見つめている。

その目を見たとき、サヴィトリの背中を悪寒が駆けあがった。

「――!!」

ロロの顔は、能面のような無表情だったが、その目には燃えるような感情が灯されていた。

憎悪、怨恨、嫉妬、悲哀……その他、あらゆる負の感情が詰め込まれたような、暗い目。

――何……あの目…………？

サヴィトリは恐怖に近い感情を覚えた。

すぐにロロは会場に背を向け、去っていったが、サヴィトリの脳裏にはあの目が焼きついて離れなかった。

▶Side:カレン

第6話「紅鬼灯」

Side:KAREN

世界を支配する三大勢力。

その中の二つ——神聖ブリタニア帝国と中華連邦。

神聖ブリタニア帝国第一皇子オデュッセウス・ウ・ブリタニアと、中華連邦の象徴である天子の政略結婚によって、この二国は今、一つになろうとしていた。

だが、その結婚式の開かれた会場に、一人の男が割って入ってくる。

黎星刻《リーシンクー》である。

かつて天子に命を救われ、永続調和の契りを結んだ彼は、この婚姻に異議を唱え、クーデターを起こしたのだ。

星刻に率いられ、結婚式会場に乱入する反乱軍。

剣を振るいながら、星刻は、まっすぐ壇上の天子へと駆けていく。

「星刻ー！」

両手を広げ、星刻を迎える天子。

「我が心に、迷いなし！」

まさに、星刻の手が天子を奪い返すか、と思われた、その瞬間――。

天子の背後に黒い影が現れた。

「感謝する星刻。君のおかげで、私も動きやすくなった」

「ゼロ……それはどういう意味だ」

「動くな！」

ゼロは天子のこめかみに銃を突きつけた。

「……黒の騎士団にはエリア11での貸しがあったはずだが」

険しい顔で、星刻はゼロに問いかける。

「だからこの婚礼を壊してやる。君たちが望んだとおりに。ただし、花嫁はこの私がもらい受ける」

「この外道が！」

「おや、そうかい？　ふふふ……ははははははは！」


神聖ブリタニア帝国と中華連邦が手を結ぶ――。

合衆国日本最大の危機に、ゼロは行動を起こし、中華連邦の象徴、天子を奪ったのだ。

❖　❖　❖

シェンチョン渓谷――。
その谷底に、多数のナイトメアフレームが待機し、作戦開始の指示を待っていた。
〈暁〉の群れに紛れて、朱城ベニオの乗る赤い〈無頼〉の姿もあった。
《花嫁強奪なんて……ゼロって意外とロマンチストなのかな？》
《え、どこが？》
コックピットの中でベニオが言うと、浮遊航空艦イカルガにいるサヴィトリが訊き返した。
《政略結婚なんて許さない！　ってところ。素敵じゃない？》
《別に、天子を望まない結婚から救おうとしてるわけじゃないわよ？　ブリタニアと中華連邦は、世界三大勢力の中の二つ。この二つが同盟関係になったら、合

衆国日本は打つ手なしになる。それを防ぐために、ひとまず天子を強奪するというだけの話なんだから》

《もちろん、そのくらいはわかるよ？　でもそこで花嫁を連れ去っちゃうかなー？　別の方法もありそうだけど》

どうしてもベニオは、ゼロをロマンチストにしたいらしい。

《まあゼロのことだから、ただ政略結婚を妨害するだけのために天子を強奪するってことはないと思うけれど……》

それがロマンチックな理由だとは、サヴィトリには思えない。サヴィトリの中では、ゼロはもっと冷徹で計算高い男である。

《だよねだよね！　うん、やっぱりゼロは正義の味方なんだよ！　よーし、がぜん、やる気になってきた！》

まったく、能天気なんだから、とサヴィトリは思い、苦笑いする。けれど前向きに作戦に臨む分には問題ないので、口には出さなかった。

《さあ、もうすぐ作戦開始だから切るわよ。頑張ってね》

《うん。サヴィトリも！》

しばらくして、天子を乗せた黒の騎士団のコンテナ車が、藤堂の乗る斬月、カレンの乗る紅蓮可翔式に護衛されながら、シェンチョン渓谷めがけて滑走してきた。

その背後を、中華連邦軍が大群となって追いかけてくる。

谷の前で急停止するコンテナ車。本当はここには橋がかけられているのだが、あらかじめ、中華連邦軍によって落とされていた。

前方に谷、後方からは大群、という形で、黒の騎士団は身動きが取れなくなったように見えた。

だが――。

《朝比奈！》

ゼロの指示が飛ぶと、

《はいはい。全軍、攻撃準備》

暁――朝比奈機に誘われるようにして、谷間から、多数の暁と赤い無頼が、スラッシュハーケンを使って這い上がってきた。

前方、左、右、と三方向に分かれ、黒の騎士団は中華連邦軍に襲い掛かる。

中華連邦軍は、明らかに反応が遅れた。

その隙を、黒の騎士団が見逃すはずがなかった。

《行きます‼》

ベニオ機は右翼から、暁の群れを率いるようにして、中華連邦軍に突撃していった。

中華連邦軍のナイトメアフレーム――鋼髏《ガン・ルゥ》が、一斉砲撃で返り討ちにしようとする。しかしベニオ機は、地面を器用に滑りまわり、すべての弾丸をかわすと、敵軍の懐に入った。

《せいやあああ‼》

ベニオ機はパイルバンカーを思いっきり振り抜き、敵軍の鼻先に穴を開けた。

その穴をめがけて、後続の暁たちが、はらわたを食い破るようにして進行していく。

そしてその後に続いたのが紅蓮可翔式だった。

紅蓮可翔式はフロートユニットを駆使して、空から進んだ。地上からの攻撃に気をとられた中華連邦軍は、紅蓮への対応が遅れてしまう。思い出したように、上空へ砲撃するが、紅蓮に直撃するはずもない。

紅蓮は悠々と、敵の旗艦——陸上戦艦まで到達する。

そして……。

「お生憎様！」

右腕部の鉤爪を開き、輻射波動を展開——一撃で、葬り去った。

旗艦を失った中華連邦軍は指揮系統が壊滅。

黒の騎士団は、意気揚々と、逃走を再開する。

❖　❖　❖

拘留されている星刻たちを、大宦官たちがガラスの天井の上から見下ろしている。

「追撃部隊が敗れたのだろう？」

星刻が言う。

「……なぜわかる？」

大宦官が問うた。

「場所はシェンチョン渓谷。私ならそこに兵を伏せ、陸軍を足止めする」

「…それから？」

「シャオペイで本隊と合流するだろう」

「うぅむ」

唸る大宦官たち。

「星刻。罪を許しても良い。天子様を取り戻せるならな」

❖　❖　❖

シャオペイ近郊——。

イカルガは、ナイトメア部隊を先行させつつ、蓬莱島に向かって進んでいた。

サヴィトリはイカルガのドックで、先ほど戦闘に出ていたナイトメアフレームの整備をしていた。

ベニオの赤い無頼の姿はない。彼女の機体は消耗が小さかったので、イカルガを護衛するナイトメア隊に入っている。

護衛、とは言っても、ゼロの見立てでは、あと一時間は敵と遭遇しないはずだ。

その間に補給をはじめ、戦闘態勢を整えておけば、何も問題はない。

しかし――。

《敵襲！　先行のナイトメア部隊が、破壊されていきます！》

《止まれ！　全軍停止だ！》

「⁉　おかしい……。ゼロの見立てだと一時間は必要だったはず……だとしたら」

ゼロの作戦を読んだ相手がいる……？

サヴィトリは思わず、ベニオに通信を飛ばしていた。

「大丈夫⁉　ベニオ⁉」

《私は、何とか……。でも、先行してた人たちが何人かやられちゃったみたい》

ホッとするサヴィトリ。味方に死人が出ているのにホッとしていてはいけないのかもしれないが、やはりベニオが無事だったのは嬉しい。

サヴィトリはモニターに視線を向ける。

破壊されたナイトメアフレームが上げる煙の中から、ゆっくりと一機のナイトメアフレームが姿を現した。

「あれは……神虎《シェン・フー》⁉　そんな、嘘よ……！　ありえない！」

目を丸くするサヴィトリの視界の中で、三機の暁が、神虎に向かっていった。

秒殺であった。

動体視力の低い者は、何が起きたのかすらわからなかったかもしれない。

神虎は、インド軍区のラクシャータのチームで開発された。サヴィトリも、開発に携わってこそいないが、よく知っている。技術者の考える理想の機体性能を追求しつくしたマシンで、性能だけを見れば、おそらく最強と言って差し支えない。だが、機体性能が高すぎて動かせる人間がいなかった。テスト中に何人ものパイロットが死んだらしい。

誰も動かせないこと――それが唯一の弱点として語られる始末。

だからこそ、仮に動かせる人間がいたとしたら、あれには絶対に勝てない。

「いけない……！　ベニオ、逃げて！」

《逃げる？　どうして？》

「あの機体を動かせる人間がいるのだとしたら、絶対に勝てない。逃げないと間違いなく死ぬわ‼」

《逃げるなんて、そんなこと言われても、無理だよ……！》

モニターの中で戦闘が開始される。

神虎に飛びかかる紅蓮可翔式と迎撃する神虎。

《――ゼロかカレンさんの命令がなければ、私は戦い続ける。ごめん、サヴィトリ》

「……！」

ゼロもカレンも知らない。知っているわけがない。

もし仮に知っていたとしても、信じられないはずだ。あの機体を動かせる人間がいるなんて……。

あのカレンの操る紅蓮可翔式でさえ、まともにやり合って戦えるかどうか……。

しかも、補給前なのだ。短期決戦に持ち込まないといけないなんて、絶望的すぎる。

神虎の圧倒的な戦闘力の前に、紅蓮以外のナイトメアフレームは、ただ戦いを傍観することしかできなかった。

エースパイロットどうしの一騎打ち――。

それがすべてを決するかのように――。

だが……。

《エナジーが！》

絶望に満ちた声を上げるカレン。

エナジー切れで動けなくなった紅蓮可翔式を、神虎は拘束し、自らの足元につるした。コックピットブロックがスラッシュハーケンで巻かれ、脱出は不可能になっていた。

「カレンさん！」《カレンさん！》

サヴィトリとベニオの叫び。

神虎は刃を紅蓮の首元に突きつけ、黒の騎士団へと通信を飛ばす。

《このような真似、したくはないが……私には目的がある。天子様だ》

その直後、黒の騎士団の背後から、中華連邦軍が襲い掛かってきた。

黒の騎士団の戦力がじりじりと、削られていく。

そして……。神虎は、紅蓮可翔式とともに、中華連邦軍へと舞い戻っていく。

《カレンさん！》

それを阻止しようと、ベニオ機――赤い無頼は飛び出そうと、一瞬だけ動いたが、
《うっ……》
中華連邦軍の一斉砲撃の前に、その場にとどまることしかできなかった。
それは他の黒の騎士団のメンバーたちも同じだった。
ただ、カレンが中華連邦に連れ去られるのを見ていることしかできない……。
《カレンさん……カレンさん！》
ベニオの悲痛な叫びが、通信機から響いてくるのを、サヴィトリはモニターの前で、両手を握りしめながら聞いた。
《カレン！　諦めるな……！　必ず助けてやる！　いいな……！　下手に動くな！》
ゼロがカレンに向けて飛ばした通信が、響く。
《はい！　わかっています！　諦めません！　――》
カレンからの通信は無慈悲に途絶えた。

❖　❖　❖

黒の騎士団は、中華連邦との戦いに決着をつけるべく、一度は進軍を再開。だが、星刻の知略により、灌漑開拓地に誘い込まれ、足場を崩された。

敗走を余儀なくされた結果、天帝八十八陵に立てこもることになる。


ドックに戻り、ナイトメアから降りるベニオ。

彼女を真っ先に迎えたのは、サヴィトリだった。

「サヴィトリ……。カレンさんが、カレンさんが……!!」

ベニオの両目から、ボロボロと涙が溢れてくる。

そんなベニオを、サヴィトリは優しく抱きしめた。

「私、何にもできなかった……」

サヴィトリの腕の中で、ベニオは震える声で言う。

「カレンさんを追いかけたかったけど、一人で戦ったって、負けるのがわかってたから……。少しでも、イカルガを守るべきだって思ったから……。でも……でも……」

「いいのよ、ベニオ。あなたは偉い。よく、我慢したわね。あなたは自分のやるべきことをしっかりやった」

「わあああああ！」

――どうして、カレンさんだったんだろう。

どうして、自分じゃなかったんだろう。

ベニオは思った。

本当だったら、自分は死んでいる人間で。

それなのに自分だけが、こうして無事にドックに帰ってきて。

大切な友達に抱きしめてもらえて――。

どうして自分だけ、こんなに幸せなんだろう……。

ベニオはいま、心が少しだけ落ち着いているのがわかった。サヴィトリから温もりをもらって。

でもカレンは、いま独りぼっちで敵軍の中にいて、冷たい床に転がされているのかもしれない。

カレンだけじゃない。

この戦いでたくさんの仲間が死んだ。敵軍だって、たくさん死んだ。

そんな中、自分は、こうして生きている。

その理不尽さに、涙が止まらなくなる——。

「ベニオ、サヴィトリ」

背後から声がして、二人はそちらを見た。

ゼロだった。

すぐに二人は離れて、姿勢を正した。ただ、ベニオはまだしゃくりあげたままだった。

「辛い気持ちはわかる。しかし、今は泣いているときではない。ついてくるんだ」

ゼロは二人を、一つのナイトメアフレームの前に連れていった。

赤いナイトメアフレームだった。橙色と赤を基調としたボディで、どことなく紅蓮可翔式を思わせる形状をしている。

「これは……？」

ベニオが訊く。

「ナイトメアフレーム〈紅鬼灯《べにほおずき》〉。今回の作戦から、ベニオ、おまえにはこれに乗ってもらう」

「作戦、ですか」

サヴィトリが訊く。

「ああ。この状況、今は絶望的に思えるだろう。しかし、そうではない」

「――!!」

ベニオとサヴィトリは顔を見合わせた。

この状況が、絶望的ではない……?

「作戦を成功させるためには、時間が必要となる」

ゼロは作戦の内容については説明してくれなかった。おそらく、情報を統制する必要があるのだろう。ベニオもサヴィトリも敢えて問うことはしない。

「本来ならカレンに担ってもらうはずだったが……その役目、ベニオ、おまえに担ってほしい。この紅鬼灯は、一分一秒でも長く時間を稼ぐための機体だ。できるな?」

「……わかりました!」

「サヴィトリ。機体の最終調整を頼む。ベニオの使いやすいように調整してやってくれ」

「了解です」

ゼロはそれだけ言い残し、立ち去った。

「サヴィトリ、お願いね」

「ええ」

ベニオは操縦席にさっそく飛び乗る。

そして思う。

――私の命は、本当はあの日になくなるはずだったんだ。

そんな私がこんなに幸せにしてもらえたんだから……。

この命は、カレンさんのために、使いたい。

ここで負ければ、カレンを助けることができない。

だから、命に代えても、持ちこたえる。

ゼロの作戦を成功させるために。

黎星刻《リーシンクー》の率いる中華連邦軍に追い込まれた黒の騎士団は、天帝八十八陵に立てこもった。

入り口は一つ。そこにイカルガの鼻先を向けることで、最小の戦力で最大限の迎撃ができるように準備している。

中華連邦軍が、歴代天子の眠る天帝八十八陵を無差別に攻撃することはないだろうという期待をもとに考えられた布陣だ。

だが、中華連邦の大宦官たちは、星刻たちと天子もろとも、全滅させることに決定した。

天帝八十八陵ごと破壊するというわけだ。

そしてその援護をシュナイゼル率いるブリタニア軍に頼ることにした。

「つまり……天子を見捨てた」

作戦司令部――。

ゼロは小さく、そうつぶやいた。

「大宦官は私たちだけでなく、星刻までここで抹殺するつもりだな」
C.C.が言った。
「ディートハルト。仕掛けの準備を」

とゼロが言うと、ディートハルトは驚きの声を上げた。

「ここでですか?」

「すべて揃った。最高のステージじゃないか」

いったい何が最高のステージなのか。

ゼロ以外の誰も、その意図を汲みとってはいなかった。

しかし、ゼロの戦略を信じた黒の騎士団のメンバーは、絶望的な戦いに、身を投じていく。

紅鬼灯に乗ったベニオも、その一人だった。

❖　❖　❖

天帝八十八陵ごと破壊しようとする中華連邦軍。

空爆部隊が襲い掛かる。

黒の騎士団の航空戦力は限られている。

まず、藤堂の斬月、そして千葉と朝比奈と暁が、先陣を切って空を駆った。続いて、C.C.の暁が空に飛び立った。

さらに後続部隊として、フロートを搭載した数機の暁を率いて、ベニオの紅鬼灯が出発する。

ブリタニア軍にはナイトオブラウンズまでもが参戦していた。

ナイトオブスリー――ジノ・ヴァインベルグの操るトリスタンが神虎《シェン・フー》に牙を剥く。

《君が紅蓮を捕まえたんだって？　借りがあったんだよ、こっちには！　あのナイトメアとパイロットに……！》

さらに、ナイトオブセブン――枢木スザクが搭乗するランスロット・コンクエスターと、藤堂の斬月が激突する。

《スザクくんか……！》

藤堂の、叫び。
そして、ナイトオブシックス——アーニャ・アールストレイムの乗るモルドレッドが、星刻軍を小型ミサイルで殲滅する。
《反乱軍は……殲滅》
一気に激化する戦局。
その中でベニオは、ブリタニアの次世代量産機——ヴィンセント・ウォードからの襲撃を受けていた。
《藤堂機、千葉機、朝比奈機、それからC.C.機は、主にナイトオブラウンズが率いる部隊を相手にすることになるわ》
イカルガでナビを担当しているサヴィトリから、ベニオに通信が飛んでくる。
《ナイトオブラウンズの専用機を相手にできる機体やパイロットは限られているから……。だからベニオ、あなたの部隊が、通常の航空戦力をさばく必要がある。地上から援護があるとは思うけれど……あまり期待しないで》
「うん、わかった!」
ナイトオブラウンズとの戦いは、熾烈を極めていた。斬月や暁といった新型機が揃ったとはいえ、やはり紅蓮可翔式の穴を埋めるのは厳しい様子だ。また地上の戦力では、そもそも航空戦力とまともにやり合えない。

ベニオがいる航空部隊が、どれだけ中華連邦軍、それからブリタニア軍の戦力を削げるか……そこが、戦況に大きな影響を与えるポイントになる。

「持ちこたえる……ゼロの作戦が、成功するように……！」

ベニオの操る紅鬼灯が、ヴィンセント・ウォードの群れへと突き進む。

紅鬼灯は一度急降下して潜行し、下から群れの腹を叩いた。

《な……！》

《この機体……データにないぞ⁉》

紅鬼灯のアクロバットな動きに、困惑する敵軍。

「砕け散って‼」

紅鬼灯は右肩の輻射波動機構を展開し、掃射する。

一撃で五機のヴィンセントが爆散した。

「5……」

ベニオは小さくつぶやく。

《バカな……紅蓮や斬月以外に、これだけの戦闘力のある機体が……!?》

《応援を呼べ！》

敵戦力が紅鬼灯に集中した。

紅鬼灯の後ろから、一機のヴィンセント・ウォードが回り込んでくる。

だが、それは、紅鬼灯の左腕部から発射された銃撃に貫かれていた。

「6……」

まるで、そちらから敵が来ているのが見えていたかのような攻撃——だが、ほとんど勘だけに頼ったものだ。

なぜなら紅鬼灯の眼前には、すでに三機のヴィンセントが来ている。目で認識したあとに攻撃していたのでは、遅すぎる。

あのとき——入団テストで玉城を下したときに発現した、天性の戦闘センス……。

数回の実戦を経て、その才能が見事に開花していた。

紅鬼灯は右腕部のパイルバンカーを振りぬき、眼前に現れた二機を撃墜する。

「7……8……」

そして再び、左腕からの銃撃で、味方機のカバーに入ろうとしたヴィンセントを撃墜。
「9！」
――持ちこたえるんだ、命に代えても。
カレンさんを、助け出すために……。
そのために、この戦いは、絶対に負けられない……！
ベニオは歯を食いしばる。
――わかってる。私はいま、人を殺している。
罪悪感に押しつぶされそうになり、両の目から涙が溢れ出す。
でも、これは正義のためだから。
私は正義の味方の手足だから。
けれどせめて一人ずつ、覚えていく。
刻んでいく。
自分の罪を背負うために。
助けたい人がいるから……私は、罪を背負って生きていく。
忘れないよ、みんな。

許してとは言わない。

だから……！

「23……」

「24……」

私に、カレンさんを、助けさせて‼

《第二、第五輻射障壁機関、停止しました！》

イカルガ内に響き渡る、悲鳴のようなオペレーターの声。

《それじゃあ甲板がむき出しに‼》

扇要の声も、鬼気迫っていた。

むき出しになったイカルガの甲板。

「もうやめて！」

その上に飛び出す天子。

「もうやめて！　こんな戦い！」

「このままじゃイカルガが！」

オペレーターの声は、ベニオにも聞こえていた。

ベニオは瞬時に状況を把握し、イカルガのカバーに入っている機体がないことを理解。すぐに反転して、イカルガを守ろうとするが……。

「ぐっ‼」

眼前にヴィンセントの群れが現れた。とても、たどり着けない。

「どうしよう、このままじゃ……！」

眼下で、天子を守ろうと、神虎がイカルガの甲板に降り立ったのが見えた。

しかし神虎は、トリスタンからの攻撃で翼を破壊されている。

絶体絶命の状況――。

中華連邦軍による一斉砲撃が、神虎の背中に降り注ぐ。

体全体で天子を守る神虎――。

だが、いつまで持ちこたえられるのか……。

《誰か……誰でもいい……彼女を救ってくれ‼》

星刻の悲痛な叫びが、外部スピーカーから響き渡る。

戦場にいた誰もが、彼らの最期を幻視した。
ベニオですら、そうだった。
もう戦いは決着がついてしまったんだ……。
カレンさんは、助けられないんだ……。
そして……サヴィトリも、もう……………。
「誰か、助けて……！　サヴィトリを……カレンさんを……誰か‼」
ベニオはただ、声を上げて助けを乞うことしかできなかった。
そのときだった。

《わかった、聞き届けよう、その願い》

煙の中から、一機のナイトメアフレームが姿を現した。
ナイトメアフレーム――蜃気楼。
《中華連邦並びにブリタニアの諸君に問う。まだこの私と――ゼロと戦うつもりだろうか》

ゼロの問いにイエスと答えるかのように、中華連邦軍から熾烈な砲撃が浴びせられる。

だが、そのすべての攻撃を蜃気楼は跳ね返す。

ガウェインのドルイドシステムを流用した絶対守護領域。世界最強の防御力を前に、中華連邦軍の攻撃はまったく意味をなしていなかった。

「すごい……！」

ベニオは思わず、声を上げる。

《敵の形勢が崩れた。いまなら巻き返せるわ！》

サヴィトリからの通信が飛んでくる。

ベニオは、彼女の無事を知り、ほっと胸をなでおろすと、

「わかった！」

ふたたび操縦桿を操作し、敵へと向かっていく。

紅鬼灯に続くようにして、黒の騎士団機が続々、戦場に飛び込んでいく。

「蜃気楼……これがゼロの作戦だったんだ」

ベニオは言うが、

《違うわ。これを見て》

サヴィトリの言葉とともに、サブモニターに映像が表示された。

都市内で人々が暴動を起こしている映像だった。

《中華連邦全域で一斉蜂起が起きたわ。ゼロと大宦官との通信記録が流され、大宦官たちが天子や国民を見捨てたのがわかったのが引き金みたい》

「そうか……このときのために、あの村を……！」

すべてが繋がった。

まるでパズルのピースがハマるかのようだった。

星刻が用意していたクーデターに合わせた一斉蜂起。それをゼロは使ったのである。

そして、これなら……。

《援軍なき籠城戦ではない！》

藤堂の操る斬月が、空を舞う。

明らかに戦況は黒の騎士団側に傾いた。

それを機に、黒の騎士団は地上部隊を参戦させる。

《一気に押し返せー！》
先陣を切るのは、玉城だ。
ベニオは思った。
勝てる、これなら……。
彼なら……ゼロだったら、この戦いを終わらせて、カレンさんをきっと助けてくれる！
そして――民の信頼を失った大宦官を、ブリタニア軍は見捨てる決定をした。
《国とは領土でも体制でもない。人だよ》
アヴァロンの司令部内に、シュナイゼルの言葉が、重く響き渡る。
《民衆の支持を失った大宦官に中華連邦を代表し、我が国に入る資格はない》
ブリタニア軍撤退――それが黒の騎士団、そして星刻の部隊の勝利を決定づけた。
「カレンさんは⁉」
イカルガに戻ったベニオは、ドックで迎えてくれたサヴィトリに真っ先に訊いた。

　しかしサヴィトリは、静かに首を横に振ると、重々しく口を開いた。

「大宦官がナイトオブセブンに引き渡したみたい」

「！　そんな……！」

　ベニオはふらりとバランスを崩して、その場に倒れそうになる。

　サヴィトリが支えてくれなかったら、きっと、そのまま床に伏していただろう。

「ベニオ、サヴィトリ」

　背後から聞こえた声に、反射的に二人は背筋を伸ばした。なぜならその声は、ゼロのものだったからだ。

　二人が振り返ると、はたして、漆黒の衣装に身を包んだリーダーが立っていた。

「二人とも……必ずカレンは助け出す」

「「！」」

　目を見張る、ベニオとサヴィトリ。

「必ずだ。だから、私の力になってくれ。カレンの分まで、な」

「「はい！」」

二人の返事に、迷いなどなかった。

――ベニオは思う。

この人について行けば、きっと大丈夫。だってカレンさんが忠誠を誓っている人なんだもの。今回の戦局を切り抜けたのも、彼の力。

大丈夫、きっと、大丈夫……。

▶Side:カレン

第7話「ゼロの仮面」

Side:KAREN

《C.C.》

モニターに、ルルーシュ・ランペルージの姿が映し出され、C.C.は視線をそちらに向けた。

C.C.はゼロの執務室にいた。部屋の中は、ピザの箱などのゴミで散らかっている。主人《ゼロ》が不在の間、C.C.が一人で滞在していたせいだ。

《ジェレミアとロロの協力で、嚮団の位置は特定できた。零番隊を投入し、嚮団を一気に殲滅する》

ルルーシュは硬い表情で、そう告げた。

「殲滅？」

C.C.は小さく首をかしげ、問う。

「利用するんじゃなかったのか？　あれは武装組織ではなく、ギアスを研究するだけの……」

《殲滅だ！》

❖　❖　❖

「ただいま。ベニオ、機体の整備の件なんだけど……」

その日、サヴィトリが蓬莱島の自室に戻ると、いつもなら子猫のように寄ってくるベニオの姿がなかった。

「ベニオ……？　どうしたのかしら。任務の話は聞いていないけれど……」

部屋を見まわしていると、机の上に書置きを見つけた。

――零番隊の任務で外出します。

ずいぶん急だな、と思う。

サヴィトリはあくまで零番隊所属ではなく、ナイトメアフレームの調整を任されているにすぎないから、零番隊の予定をすべて把握しているわけではない。

とはいえ、サヴィトリに何の連絡もなしに任務に行くなんて、いったいどんな緊急の任務なのだろうか？

「大丈夫かしら、ベニオ……」

自分の口から自然とベニオを心配する言葉が出てきたことに、サヴィトリは驚いた。

ベニオと出会って、自分が変わったことは、なんとなく理解している。カレンと出会えたことも大きかったが、そこにベニオが加わったことで、より大きく、自分は変化したとサヴィトリは感じている。

おそらくサヴィトリは二人と出会って、居場所を得たのだろう。

そう考えると、自分は、戦争があったからこそ居場所を見つけられたのだ。戦争がなければ、サヴィトリは二人と出会っていない。

サヴィトリは、かつてカレンが言った言葉を思い出さずにはいられない。

『もし日本がブリタニアに支配されてなくて、平和だったら――もっと別の場所で、幸せに生きていけた子なんだと思う』

戦争があったから居場所を見つけられたサヴィトリと、戦争がなければ別の居場所があったベニオ――。

サヴィトリとベニオは、対極の存在だ。

だからこそ……サヴィトリは、こう思うのだった。

戦争が終わるように、戦い抜きたい、と。

ベニオが、別の場所で、本当の幸せを手に入れられるように——。

「……さて、仕事仕事」

サヴィトリは頭を振って、思考を追い払うと、データ整理をするために、机に向かった。

❖　❖　❖

ナイトメアフレーム〈暁〉の一群が、砂漠にそびえる遺跡に、続々と侵入していく。
ゼロの直属部隊である、零番隊の面々だ。
暁たちは、壁を火器で強引に破壊して突き破り、中に飛び込んだ。
その一群の中には、ベニオの紅鬼灯も入っている。
《V.V.の現在位置は特定できた。全軍、ポイントα7《アルファ・セブン》を包囲！》
暁直参仕様に乗るC.C.が、零番隊へと指示を飛ばす。

それに従い、ベニオは紅鬼灯を駆る。

「すごい……地面の下に、街があるなんて……！」

ベニオは思わず、つぶやいた。

神秘的な雰囲気の遺跡――別の形で訪れたら、いろいろな感動があったのかもしれない、などと、ベニオは思ってしまう。

その思考をかき消すように、暁の群れは進軍し、逃げ惑う白い服を着た人たちを、ハンドガンによる掃射で抹殺していく。

血しぶきが舞い、床や壁面が赤黒く変色する。

《木下副隊長。何か変です。ここは本当に、ブリタニア軍の施設なんですか？》

《た、たしかに、反撃が一つもない。ここにいるのは、武装していない連中ばかりだ》

そんな通信が飛び交う中、ベニオもまったく同じ違和感を抱いていた。

ベニオの操る紅鬼灯から逃れるようにして、白い服を着た男性と女性が走っていた。

焦っていたからだろう、女性がつまずいて転んでしまう。男性が女性を一生懸命立ち上がらせようとするが、腰が抜けてしまったのか、うまくいかない。

絶望的な表情を浮かべ、紅鬼灯を見上げる二人。

「助けてくれ……！」

「やめて……殺さないで……！」

そんな二人を見た瞬間、ベニオの脳裏に、行政特区日本《あのとき》の記憶がフラッシュバックした。

《じゃあ兵士の方々、皆殺しにしてください。虐殺です！》

虐殺皇女――ユーフェミアの号令。

生身の人間に対して、弾丸を浴びせるナイトメアフレーム。

弱い者に対する、一方的な虐殺。

恐怖と絶望と痛みと哀しみが渦巻く、地獄絵図――。

いま目の前にある光景――これでは、まるで……。

「同じだ……ブリタニアと……！」

ベニオは操縦桿を握りしめたまま、固まってしまう。

引き金を引け、と理性は言う。

ゼロの命令は絶対だ。

この虐殺にも、何か理由がある。きっと、ベニオにはわからない、大きな理由が。

ゼロだったらもしかしたら、戦略的目的とか、そんな風に言うのかもしれない。

それなのに、感情がベニオの体のすべてを押さえつける。

このままじゃ、同じになってしまう。

あのとき、虐殺を命じたユーフェミア皇女と……！

あのとき、私のお父さんとお母さんを殺した、ブリタニア軍と……！

ベニオは黒の騎士団に加入してから、何人もの人間を殺した。

ゼロは——黒の騎士団は、正義の味方だから、その指示に従って、たくさんの命を奪った。

ゼロの命令だったら、間違いなんてないはずだ、と思って——。

でも、その信頼に、ピシリと一筋、ヒビが入る。

——こんな酷いことをする正義って、何だろう？

そのとき、横から弾丸が飛んできて、二人の男女に命中した。

目の前で、二人は粉みじんとなる。

爆ぜ、肉塊となる、二人。

その赤いしぶきが、あのとき、目の前で消えていった両親を連想させ、ベニオは心臓がぎゅっと締めつけられる。

《どうしたの？》

ベニオの隣に一機のナイトメアが降り立ち、通信を飛ばしてくる。

ロロという少年が操るヴィンセントだった。

彼が二人の男女を、殺したのだ。

「……」

《朱城ベニオ？》

「……おかしいです、こんなの」

ベニオがつぶやくように言うと、ロロは苛立たし気に言い返してくる。

《木下《さっき》といいお前といい、わけのわからないことを……。おかしくないよ。ゼロの命令なんだから》

「……」

ゼロの命令――。

それは、魔法の言葉だ。

たしかにゼロの命令に従っていれば、いままで全部大丈夫だった。ナナリー総督拿捕作戦のときも、中華連邦の村を救ったときも、天帝八十八陵での戦いのときも……。

だけど……。

ゼロの命令だったら、無条件に、正しいの？

思い出すのは、ユーフェミアの命令だからと盲目的に従ったブリタニア軍のこと。

間違った命令に従えば、間違ったことをするという、当たり前の事実――。

ゼロは、間違えないの？　本当に？

ベニオが悩んでいる間にも、周りで、人々が死んでいった。

暁たちの動きは、鈍かった。

他の黒の騎士団メンバーも、疑問を覚えているのだろう。

ロロは、動けなくなったベニオを一瞥すると、次の獲物のもとへ機体を進めた。

こんなところで立ち止まっている場合ではない、自分も制圧に加わらないと……。

焦りの中、ベニオも紅鬼灯を動かそうと、操縦桿を握った両手に力を込めた。

その瞬間、

「――!?」

何か第六感のようなものを感じ、ベニオは紅鬼灯を一歩引かせた。

直前までベニオがいた場所を、槍《ランス》による突攻撃が通り抜けた。避けきれなかった暁が数機、爆散してしまう。

黒いサザーランドが三機、紅鬼灯たちの前に立ちはだかっていた。先ほどの攻撃は、本当に一瞬の出来事だった。およそサザーランドとは思えない軌道性能だ。

そして、それらのサザーランドはボディの色が黒かった。

「黒い、サザーランド……」

初めて見る機体に、ベニオは戸惑う。

――彼らは、プルートーン……皇族の汚れ仕事を引き受ける精鋭たちである。V.V.がギアス響団の施設内に密かに配備しておいた三機だ。

だがベニオはそのようなことを知る由もない。

《V.V.様がジークフリートで出られた。主力のナイトメアフレームはV.V.様がひきつけてくださる。その間に雑魚を掃除するぞ》

《イエス、マイロード》

そのような通信が行われている。

と、ベニオたちの危機を見て、暁が一機、応援に来てくれた。

《みんな！　だいじょうぶ……》

通信が終わる前に、暁は爆散していた。

サザーランドの槍《ランス》による攻撃を受けたのだ。

「動きが違いすぎる……！」

ベニオは息を飲む。

サザーランドの動きは、通常のブリタニア軍のレベルをはるかに超えていた。

精鋭、という言葉がベニオの頭に思い浮かぶ。

ベニオは、無理矢理、迷いを吹っ切った。

――私は、カレンさんを助けたい。

そのためには……。

「いま死ぬわけにはいかない！」

鋭い視線で敵をにらみながら、ベニオは操縦桿を握り直した。

紅鬼灯は一機のサザーランドめがけて急接近すると、右腕部のパイルバンカーを繰り出す。

槍《ランス》で受け止める、サザーランド。

《ほう、多少、できるやつがいるようだな》

余裕のある、通信。

直後、サザーランドからスラッシュハーケンが伸び、紅鬼灯の左腕部に巻きついた。

「え⁉」

ベニオは驚いて、操縦桿を操作するが、サザーランドはフロートユニットを全力で起動し、紅鬼灯を引っ張り、移動していく。

紅鬼灯の実力を一瞬で見極めた敵は、紅鬼灯を他の暁から分断し、個別に撃破することにしたようだ。

さらに一機の黒いサザーランドも続いて追いかけてくる。

何機か暁が、ベニオの窮地に気づき、追いかけようとするが、そちらは別の一機のサザーランドが妨害する。圧倒的に戦闘能力が高いため、サザーランド一機でも、暁たちは倒すのが困難だろう。

その強力なサザーランド二機を、ベニオは相手にしなければならない。

——二対一……実力は、相手のほうが上。

紅鬼灯は右腕部の鉤爪で、スラッシュハーケンを切り裂き、なんとか自由を得た。

だが、強敵を前にし、ベニオは死を意識せざるを得なかった。


【後編】


地下に広がる遺跡——ギアス嚮団本部。

空中で対峙する、紅鬼灯と、プルートーン操る、黒いサザーランド二機……。

また、地上では、一機の黒いサザーランドが、暁と交戦している。暁部隊は数で優勢を保っているが、黒いサザーランドの圧倒的な戦闘能力を前に、苦戦を強いられていた。

上空で紅鬼灯が倒れ、二機の黒いサザーランドが戦線に復帰したら、暁部隊の壊滅は必至という状況であった。

そのような戦況での、紅鬼灯対サザーランドの、空中戦――。

先に仕掛けたのはサザーランド側だった。

一機がライフルを構え、掃射する。当たるとは考えていない。単なる牽制だ。

その間に、紅鬼灯の逃げ道にもう一機が回り込み、槍《ランス》を構えた。

ライフル掃射で敵を動かし、攻撃をおいておくという、正攻法。

だが紅鬼灯は、ライフル攻撃から逃げることはせず、あえて、ライフルを持っ・・・・・・・・たサザーランドへと突き進んだ。

《何⁉》

紅鬼灯は、ライフル射撃の間隙を縫って進んでいった。当然、全弾をかわせるわけがない。数発の弾丸が紅鬼灯を傷つける。しかし、致命傷にはならない。

パイルバンカーが炸裂する。

《ごめんなさい！》

ライフルを構えていたサザーランドが爆散した。

――いったい何回、謝っただろう。

ベニオは、思う。

その回数は、そのまま、ベニオが奪った命の数だ。

数えきれなくなった自分に気づき、ベニオは身を震わせる。

――初めてベニオが人を殺した日、紅月カレンは言った。

『私たちは――正義の味方なんだから。人の心を、ちゃんと持っていなきゃ』

ベニオは怖くなる。

人を殺すのが平気になっていく自分が。

このままでは、人の心を失ってしまうのではないか。

だって……。

《逃がさない！》

形勢不利を知った最後の一機は逃げようとするが……流れるような操縦で、ベニオは紅鬼灯をサザーランドへと接近させると、右腕部のパイルバンカーを振り下ろす。

直撃を受け、ひしゃげたコックピット。「ぎゃっ」という呻き声が、虚空に響く。

そのままの流れで、ベニオは最後の一機——黒の騎士団の暁と交戦中の黒いサザーランドのもとへ、機体を駆る。

右肩の輻射波動装置を展開し、上空から、敵へと放った。

赤い光線が、サザーランドを呑み込む。

戦況は好転する。

そして、ベニオは思うのだ。

——だって、私の体はもう、自然に人を……。


戦闘が終わり、事後処理を始める、黒の騎士団軍……。

「カレンさん……」

いくつも並ぶ死体袋を見下ろしながら、ベニオは彼女の名を呼び、問いかける。

「ゼロは、本当に正義の味方なんですか？」

❖　❖　❖

――もしカレンさんだったら、どうするだろう。

「……ニオ」

ひたすら、ゼロを信じつづける？　それとも……。

「ベニオ！」

「はい！　元気です！」

「……？」

振り返ると、サヴィトリがいぶかしげにベニオを見ていた。

蓬萊島の、二人の部屋だった。

「どうしたの、ぼんやりして」

いつもの仏頂面で、訊いてくる。

「あー、ちょっと考え事を……」

「また考え事？　この間の任務が終わってから、ずっとその調子じゃない。任務で何かあった？」

「ううん、大丈夫。ちょっと疲れてるのかな、あはは」

――あの任務は極秘任務。参加していない人には、言っちゃいけないことになってる。サヴィトリにも内緒にしなきゃ。

「大丈夫なら、いいけど。悩みがあるなら、ちゃんと話しなさいね」

「うん、心配してくれてありがとう」

「心配なんて……はぁ」

サヴィトリはわざとらしくため息をつくと、

「あなたは使えるパイロットだから、その……頑張ってもらわなきゃ困るの」

そう言って、そっぽを向いた。

サヴィトリは、優しい。ちょっと素直じゃないけれど。

その優しさに、ちょっと甘えてみようかな、とベニオは思う。

「もしもの話なんだけど……ゼロの作戦に疑問があったら、サヴィトリはどうする？」

「どうするって、真意をゼロに訊くわ」

ベニオは思い出す。中華連邦の村を解放する作戦のミーティングで、サヴィトリがゼロに意見したときのことを。

「そっか、わからなければ、訊いてみればいいんだ！　ありがとう、サヴィトリ！」

ベニオは思わずサヴィトリに抱き着いていた。

「え？　う、うん、役にたったたらな、良かったわ」

ベニオの腕の中で、サヴィトリは居心地悪そうにつぶやいた。


ベニオはタイミングを見て、ゼロに話しかけようと奮闘した。だが、そう簡単にはいかなかった。

零番隊のミーティングの後など、それとなくゼロに話しかけようとしたのだが、ゼロは仕事が終わると、すぐに執務室に戻ってしまった。まったく話を切り出せる雰囲気ではなかった。超合集国の設立を控え、いつもにも増して激務のようだ。

「やっぱりゼロって、私にとっては雲の上の存在なんだな……」

ベニオはそんな風にぼやく。

自分の小ささと比べると、ゼロはあまりに偉大だった。

――こんなちっぽけな私に、ゼロの真意なんてわからないのかもしれない。私にとっては、この間の作戦は虐殺にしか見えなかったけれど、隠された理由があるのかも……。

意志がくじけそうになった瞬間、無慈悲に殺されていった人たちの顔が頭をよぎった。

「ダメだよ、やっぱり。ゼロに、直接訊かないと」

――けれどたとえば、それでもし満足した返答が得られないとして、私はどうするんだろう？　黒の騎士団を、やめる？　カレンさんを助けないまま……？

そんな折だった。

蓬莱島の自室のベッドに寝転がっているときに、ベニオの端末に着信があった。確認すると、ロロという少年からだった。

ベニオはロロと通信などまったくしたことがなかったので驚いた。そもそも彼が何者なのかも、ベニオはよくわかっていない。ゼロとずいぶん親しいんだな、くらいにしか思っていなかった。

《ベニオ。ゼロが話があるって。話を聞けなくて悪かったけど、やっと時間が取れたからって》

「――！　ありがとうございます！　イカルガの執務室に行けばいいですか？」

《ううん。イカルガのドックに来てほしいって。一人でね》

「わかりました！」

電話を切り、ベッドから跳ね起きる。

「誰から？」

机で作業をしていたサヴィトリが訊いてきた。

「ロロって人。ゼロが呼んでるんだって」

「ロロからあなたに伝言？　珍しいわね……」

「それだけゼロが忙しいってことじゃないかな。ちょっと行ってくるね」

「ええ、行ってらっしゃい」

❖　❖　❖

サヴィトリは、ベニオを見送りながら、どういうわけか胸騒ぎのようなものを覚えた。

――ロロが、ベニオを呼び出した……。

思い出すのは、ベニオが零番隊に配属されたときの歓迎会。

あのときに部屋の外に見えた、ロロの不気味な瞳――。

サヴィトリは、とある場所に電話をかけていた。

❖　❖　❖

ベニオがドックに着くと、ゼロの姿はなく、ロロが一人だけで立っていた。

「あれ、ロロさん？　ゼロはどうしたんですか？」

「ちょっと遅れるんだって。その間、僕が相手をするよ。なに、ゼロはすぐに来る……」

一歩、ロロがベニオに近づく。

「ねえ、ベニオ。ゼロに話をしたかったんだよね？　何の話をするつもりだったの？」

「え……それは……」

「僕には言えないようなこと？」

ベニオは思う。

ロロは、ゼロと親しい。ロロだったら、ゼロの真意を知っているかもしれない。

「――この間の、ブリタニア軍の研究施設の殲滅作戦。あれの真意を訊こうと思ったんです。私には、虐殺に見えました。納得できませんでした。でもゼロなら、きっと納得できる説明をしてくれるんじゃないかって……」

「……」

ベニオは問いかけたつもりだったのだが、ロロはただ黙って、ベニオのことを見つめているだけだ。

心なしか、表情に陰りがあるように見えた。

「ロロさん……？」

「――兄さんが大切にしている人は、みんな兄さんを裏切る」

「……え？」

うわごとのようにつぶやく、ロロ。

「兄さんのため？　ははっ。全部自分のためじゃないか。やっぱり、いらないんだ。僕以外、兄さんには必要ないんだ」

「ロロ、さん……？」

——このとき、ロロはギアスを発動し、ベニオを殺すつもりだった。

だが、

「待ちなさい！」

邪魔が入り、ロロはギアスの発動を保留した。

声の主は、加茢サヴィトリだった。

サヴィトリはベニオとロロの間に割って入り、ベニオをかばうように立った。

「……一人で来いって言ったよね？」

凍てつくような視線を、ロロはベニオに送る。

「ええ。私が勝手に来ただけよ」

驚き、反応できずにいるベニオに代わって、サヴィトリは応えた。

「サヴィトリ？　どうしたの？」

一触即発、といった雰囲気を醸すサヴィトリとロロを、ベニオは交互に見やった。

「逃げて、ベニオ！」

サヴィトリのその言葉と同時に、ロロの手にナイフが出現する。

危険を感じたベニオは、サヴィトリの言葉に従い、走り出した。

だが、サヴィトリはついてこなかった。

そのことに気づいたベニオが、サヴィトリのほうを振り返る。

その瞬間、ロロがギアスを発動した。

次にベニオが見た光景は、サヴィトリが腹部から血を流しながら、床にくずおれるところだった。

「うぐっ……」

呻き声とともに、サヴィトリの体が床に沈む。

「サヴィトリ‼」

ベニオはサヴィトリに駆け寄ろうとしたが、目の前にロロが出現した。

「――――!」

咄嗟に身を引いて、ナイフをかわすベニオ。

「時間が足りなかったか……サヴィトリも急所は外した……。最近、力を使いすぎたかな。でも、おまえ程度なら、ギアスなんかなくても……」

ロロはぶつぶつと独り言を吐きながら、ナイフで襲ってくる。

ベニオは、ぎりぎりのところでロロの攻撃をいなした。黒の騎士団で学んだ肉弾戦技術を駆使して。基礎的な動きなので、紙一重のところで命を守っているにすぎず、まさに首の皮一枚でつながっているような戦いだった。

「ああ、面倒だな。やっぱり、ギアスで仕留めよう」

ロロが再びギアスを発動しようとする。

ベニオは死期を悟った。
・・・・・・
あの瞬間移動が来るんだ。

次は、もう、かわせない。

「何をしている！　やめろ、ロロ！」

――その声は、ロロを凍りつかせるようにして従わせた。

ゼロの声だった。

ロロは電池が切れでもしたかのように、攻撃をやめた。

ベニオは安全になったのを知ると、ゼロのことなど構わずに、サヴィトリのところに走った。

「サヴィトリ！　サヴィトリ！」

「はぁ、はぁ……間に合ったのね、ゼロ、よかった……」

「ラクシャータが呼んでいると言われてきてみたが、いったいこれは、どういうことだ」

——サヴィトリは、ラクシャータの名前を使ってゼロを呼び出していたのだった。ロロが、ベニオに危害を加えるのではないかと心配になったから。

その予感は的中した。

「ベニオは、嚮団壊滅作戦のとき、戦わなかったんだ！」

ロロがゼロに説明する。

「殺すべきだよ、兄さん。嚮団のことも知ってるし、戦闘能力も高い。裏切られたら危険だ。サヴィトリも同罪だよ」

「…………」

ゼロはロロの言葉には答えず、静かにたたずんでいる。

ベニオとサヴィトリの処遇を、考えているのだろう。

サヴィトリを抱きしめながら、ゼロを見つめるベニオ。

殺されるのだろうか。ゼロに歯向かった者は。

ゼロの命令は絶対。たしかにベニオは、ゼロの命に背いた。そのベニオをかばったサヴィトリも同罪──。

組織の論理としては、間違っていない。

「──ベニオ。どうしてあのとき、戦わなかった?」

ゼロが問う。

「……ブリタニアと同じになりたくなかったからです。弱い者を、踏みにじるようなことはしたくなかった。私たちは、正義の味方だから」

「…………」

「兄さん、早く殺したほうがいいよ。ベニオは兄さんの方針に疑問を持ってる。危険すぎる」

ロロは主張するが、ゼロはどこか遠くを見るようにして言った。

「正義の味方……か」

「兄さん!」

「──ロロ、心配するな。彼女たちには忘れてもらう。すべてを、な……」

ロロに対しゼロは背を向け、ベニオのそばに片膝をついた。

そして、ポツリとつぶやく。

「約束したからな」

直後、ゼロの仮面の一部が、かしゃりと開き、彼の左目が覗いた。

「ルルーシュ・ヴィ・ブリタニアが命じる……」

ベニオとサヴィトリに、力《ギアス》が作用する。


ベニオは、思う。

忘れる、すべてを……？

カレンさんのことも、サヴィトリのことも……？　零番隊に配属されたことも？


サヴィトリは、思う。

忘れる、すべてを……？

カレンさんのことも、ベニオのことも……？


二人は、思う。

嫌……。

嫌………。

嫌…………！

忘れたくない………！

忘れたくな…………………。

「ここ……は…………？」

サヴィトリが目を覚ますと、白い部屋のベッドの中だった。

消毒液の臭いから病室だとわかる。

「あら、目が覚めたのね」

看護師と思しき女性が、サヴィトリの顔を覗き込んできた。彼女は続けて状況を教えてくれる。

「あなたはブリタニアの捕虜になっていたらしいのよ。そこを黒の騎士団の人が保護してくれて――」

優しい言葉は耳には入るが頭には入ってこない。

治療された腹部の刺し傷よりも、何か大切なものを失ったような胸の痛みのほうが、サヴィトリには辛かった。

❖　❖　❖

そして、時間は流れ――超合集国の最高評議会に、神聖ブリタニア帝国第99代唯一皇帝が参加した、あの日。

アッシュフォード学園の中を、少年と少女が歩いている。

少年の名は、ルルーシュ・ヴィ・ブリタニア。神聖ブリタニア帝国第99代唯一皇帝である。

少女の名は、紅月カレン。黒の騎士団のエースパイロットだ。超合集国の最高評議会の会場への案内を、任されていた。

カレンは、心の中で、ルルーシュに問いかける。

ルルーシュ。覚えているでしょう？　あの子たちのことを。

話はあとでラクシャータさんから聞いた。二人を助けてくれたんだって。

カレンは、心の中で、ルルーシュに言う。

ありがとうルルーシュ。

そして――さようなら。

❖　❖　❖

加莉サヴィトリには、一定期間、記憶のない時間がある。

無理に思い出す必要はない、と医者からは言われていた。忘れているのはブリタニアの捕虜になっていた期間の記憶だったからだ。ショックで記憶が混濁しているらしい。きっと、辛い経験でもあったのだろう。

戦争が終わり、サヴィトリはラクシャータ・チャウラー率いる、パール・パーティーに加入した。父がラクシャータの関係する研究機関で働いていた縁だ。また、サヴィトリなら、さまざまな機密も守れると判断されたのだった。

平和な中にも、不穏はある。

けれどおそらく、以前よりは安定した日々。

だが微妙にしっくりこない。自分の居場所はここではない、そんな気がする。

わけがわからなかった。これではまるで、かつて自分の居場所があったみたいじゃないか。

私は生まれてから今までどこにも居場所などなかったはずなのに。

❖　❖　❖

エリア11内の市街を駆ける少女の姿がある。

朱城ベニオだ。

学校からの帰り道だった。勉強は苦手だけれど、学校は楽しかった。友達がいるのは、純粋に嬉しい。

行政特区日本開設の記念式典のとき、赤いナイトメアに助けられて、日本中を転々としながら、生き延びて……。一度はブリタニアの捕虜になってしまって、その間の記憶はあいまいだけど、それでもなんとか今、生きている。

新教育制度のおかげで、親のいない自分でもきちんと教育が受けられている。

学校に行けるようになって、友達もいっぱいできたし、将来のことも、少しずつ考えられるようになってきた。

たぶん、幸せなんだと思う。

これも全部、ゼロのおかげだ。

だけど、どうしてだろう……。

なんだか、しっくりこないいんだ。

何かが、足りない。

何か、本当に大切なものを、私は戦争に置き忘れてしまったような、そんな気がするんだけど……。

❖　❖　❖

エリア11の街。

一人の少女が、無邪気に走る。自宅に帰るために。

その反対側から、浅黒い肌をした理知的な少女が一人、歩いてくる。
朱城ベニオと、加茹サヴィトリ――。
二人の少女が、すれ違い、そして、遠ざかっていった。

Side: カレン　了

▶Side:カレン

エピローグ

Side:KAREN

光和二年――。

品川シーサイド事件がゼロと黒のアルビオンによって解決されてから数日。

パール・パーティーでは、アルビオンゼロの戦闘データの解析と各部のチェックが行われていた。加茹サヴィトリも、メンバーの一人として、作業に従事していた。

「パターン構築が終わったら、UPIナンバーのサーバーに流し込んでおいてね～」

ラクシャータ・チャウラーが、ソファに寝転がりながら指示を出している。

言われる前に、すでにネーハがデータをサーバーにアップロード済みのようだ。

それに気づいたラクシャータは、

「助手が優秀だと意外と暇なもんだねぇ」

とユスクとソンティに向かって言った。

彼らも微笑みながらうなずく。

若き天才ネーハ、ラクシャータの妹、シャンティ……若い世代の俊英たちが活躍するパール・パーティーは、黒の騎士団時代とはまた違った活気を見せている。

サヴィトリは思う。

ここはもしかしたら、自分にとって初めての居場所になりうるのかもしれない、と。問われるのは、シンプルに能力のみ。適性がない場合は外されるが、それは人格の否定ではない。単に、合わなかったというだけ。

サヴィトリが日本人とインド人のハーフであることなど、ここでは何の意味もない。

だが、初めての居場所という言葉に、引っ掛かりを覚える自分がいる。

いったい、どうしてなのだろう？

――ううん、いまは仕事に集中しなきゃ。

ちょうど作業が終わった。サヴィトリは席を立ち、ラクシャータのもとに向かった。

「ラクシャータ先生、変形機構をオミットした際のフレームのデザインが終わりました。確認していただけますか」

タブレットを見せるサヴィトリ。

「あー、ちょっとハード面での負担が大きそうね。もう少し最適化してみて」

「了解です」

神妙な面持ちでうなずくサヴィトリ。

「ああ、ちょっと待ちな、サヴィトリ」

ラクシャータはサヴィトリを呼び止めると、便箋を差し出した。

「なんですか？　これ」

首を傾げるサヴィトリ。

「招待状だってさ」

とラクシャータ。

いつの間にか近づいていたネーハが、

「カレンさんからだね」

と便箋に記された名前を読み上げた。

「カレンさんって、あの英雄の？」

サヴィトリはちょっと目を見開く。

紅月カレン――黒の騎士団のエースパイロット。悪逆皇帝ルルーシュ率いるブリタニア軍に立ち向かい、ナイトオブゼロである枢木スザクを討ち取った世界の英雄……。

「何言ってんだい。もともと部下だったじゃないか」

呆れた様子で言うラクシャータ。

「そういえば、そうでしたね……」

サヴィトリは思い出す。自分が紅月カレンのもとで働いていたらしいということを。

しかし、サヴィトリにその記憶はない。ブリタニアの捕虜になっていた時のショックなのか、黒の騎士団に在籍していた時の記憶を失っているのだった。気づいたら病院のベッドの上で、その後、父の伝手でラクシャータの設立したパール・パーティーに参加させてもらった。

記憶にないから実感もなく、どうしても他人事になってしまう。

自分はカレンに招待を受けるような存在だったのだろうか？

知り合いだったらしい人々から、黒の騎士団在籍時の自分の話を聞くことがある。その時によく耳にするのが、紅月カレンと、その部下であり、サヴィトリの友人だったという朱城ベニオの名前だった。

特にベニオは、サヴィトリとかなり仲が良かったらしい。ベニオはサヴィトリと同室で、いくつもの任務を共にこなしており、彼女の機体の調整も、サヴィトリがしていたようだ。

サヴィトリには、まったく想像がつかなかった。自分に友達？　ありえない。しかもベニオは、快活で、誰とでも仲良くなれるタイプだったという。サヴィトリのような日陰者とは、真逆の存在だ。

ネーハのように、同僚で、年が近く、ライバルのような関係なら、まだわかる。けれどベニオは職種も違うし、話に聞いていると、元気でうるさいタイプのようだ。まったく自分の嫌いな生き物ではないか。

そんな彼女と、自分が友達？

ありえない。

ありえないのだが……。

「……」

事実を知りたい、という気持ちもあった。

サヴィトリとベニオがどういう関係だったのか。

カレンに会ってみれば、わかるだろうか。

わかるのなら、行ってみたいと思った。

「ラクシャータ先生。招待状に書かれたパーティーの日ですが……」

「行ってらっしゃいよ。あんたは最近、働きすぎだし、ちょうど休む口実ができていいんじゃない？」

「ありがとうございます」

サヴィトリは英雄からの招待状を手にしながら、得体の知れない期待と不安を覚えた。

「場所は、『カフェ ゼロ』……あのゼロにちなんだ名前なのかしら？」

独り言をつぶやきながら、サヴィトリは仕事に戻った。


カフェ ゼロ――玉城真一郎が退役金を使って開いた喫茶店である。

扉には、「本日貸し切り」の札が下がっていた。

店内では、貸し切りの準備が着々と進められている。

「まさかおまえが求人募集に引っかかるなんてなぁ」

カウンターの中にいる玉城が、フロアを掃除する少女を眺めながら言った。

「入団試験のとき、俺が世間の厳しさってのを教えてやったのに、覚えてねぇんだもんな」

「まーたその話ですか？　覚えてないんだから、仕方ないじゃないですかー」

ちょっと頬を膨らませるベニオ。

「わりぃわりぃ。いや、なかなか、いい筋だったからよ。何せ、この玉城様から一本取ったんだからな！　ま、看板娘ができたと思えばいいか。ナリは貧相だけどな」

ニシシと笑う玉城。「ナリ？」と首をかしげるベニオ。

ポカン、と後頭部に手刀が入る。

「そういうのってセクハラだよ、オッサン！」

カレンだった。

「誰がオッサンだ！　まだ二十代だぜ、俺ぁよ！」

「なら若々しく掃除してくださいい、店長」

ベニオが屈託のない笑顔でモップを渡す。

「マスターって呼べって言ってるだろうがよ、ったく」

ブツブツ言いながらもモップ掛けを開始する玉城。

ベニオとカレンは目配せして笑い合う。

ニコニコ笑うカレンを見て、ベニオは、可愛らしい人だなぁ、と思う。こんなに綺麗なのに、かつての戦いでは黒の騎士団のエースパイロットとして戦っていたんだ。

行政特区日本の事件のとき、ベニオを助けてくれた赤いナイトメア――あれに乗っていたのが、ほかでもないカレンなのだ。

そんな彼女と再会し、しかもこんな風にお話しできるなんて……自分はなんて幸せなんだろう、とベニオは胸が熱くなる。

思えば、戦争が終わってから、ベニオはたくさんの幸せを手に入れた。

新教育制度のおかげで学校にも通えるようになったし、そこで友達もいっぱいできた。バイト先のマスターはちょっと変わってるけどいい人だし、カレンさんともお話しできているし……ホント、順風満帆という感じだ。

それなのに――。

――カレンさんと会うと、なんだか寂しい気持ちになるな……。

ベニオは、ふっと、目を伏せた。

カレンを目の前にすると、ときどき、ベニオの心の奥に風穴のようなものが生まれる。ひゅーっと風が通り抜けて、心の奥が冷やされてしまうような、深い深い穴が……。

いまも寂しさに襲われ、不安に駆られたベニオは、それを紛らわせるように、カレンに話しかけた。

「えーっと、カレンさん。今日はお店貸し切りって聞いたんですけど、何かあるんですか？」

「うーん、ちょっと、ね」

「ちょっと？」

「まだ内緒。始まったらわかるよ」

いったい何なんだろう？

ま、お客様の事情だし、気にする必要はないかな、と思い、ベニオも掃除に戻った。

と――。

「ねぇ、ベニオ。ベニオには、夢ってある？」

　カレンが訊いてきた。

「夢、ですか……難しいですね」

「難しい？」

「はい！　だって夢って、叶ってないものを言うじゃないですか。わたし、けっこう夢、叶っちゃったんですよね」

　テーブルを拭きながら、明るく言うベニオ。

「わたし、家族がいないので、お友達をいっぱい作りたくて……新教育制度のおかげで学校に行けるようになったんで、友達、できたんです。学校にはいろんな子がいて、みんな、いろいろ考えてて……お話しするの、本当に楽しくて……」

　学校や友達のことを考えると、ベニオは自然と笑顔になった。

「こうやって、店長とかカレンさんと一緒に働いたりするのも楽しいし……戦争中、独りぼっちだったのに比べたら、夢みたいですよ。だからこれ以上何か望むのは、ちょっと申し訳ないなーって思ったりしてます」

「そっか……なんだか、ベニオらしい」

悲しいような嬉しいような、複雑な笑顔を浮かべるカレン。

「でも、友達が増える分には、問題ないよね？」

「もちろんです！　たくさんいればいるほど、きっと楽しいですから！」

「よかった」

そのとき、来客を知らせる小さな鐘が揺れた。

「はいはーい」

ベニオは掃除を切り上げて、入り口に向かった。

「いらっしゃいま……せ？」

入り口の扉から入ってきたのは、浅黒い肌をした少女だった。

落ち着いた雰囲気で、その表情からは上品な知性が感じられる。

ベニオは少女を一目見た瞬間に、思った。

――あれ、この子、どこかで会ったこと、あるような。あれ……？　どこでだっけ……？

わからない。

記憶にない。

記憶に何もないのに、ベニオの頭の中には、少女の名前がはっきりと思い浮かんでいた。

「サヴィトリ……？」

少女の表情が、変わる。

最初は驚愕。

次に、困惑。

そして——。

「……ベニオ」

少女——サヴィトリが、ベニオの名を呼んだ。

瞬間、サヴィトリの両の目から涙が流れる。

それはベニオも同じだった。ベニオ自身は、気づいていなかったけれど。

……ベニオとサヴィトリは、二人とも、記憶は戻っていなかった。

そのはずなのに、どちらからともなく、二人は手を取り合った。

泣き笑いで、見つめ合う二人。

カレンと玉城はその様子を、微笑ましげに眺めていた。

特撮用模型作例紹介

BANDAI SPIRITS ノンスケールABS&PVCモデル
“ROBOT魂〈SIDE KMF〉”
ランスロット・エアキャヴァルリー
＋“IN ACTION!! OFFSHOOT”
ランスロット・コンクエスター改造

ランスロット・コンクエスター

製作／**おれんじえびす**

Side:スザク第３話ラストでランスロット・エアキャヴァルリーの性能に限界を感じ始めたスザクに与えられる新型のランスロット、それがランスロット・コンクエスターだ。作例はROBOT魂〈SIDE KMF〉ランスロット・エアキャヴァルリーとIN ACTION!! OFFSHOOT ランスロット・コンクエスターのパーツをミキシングさせての完成となった。

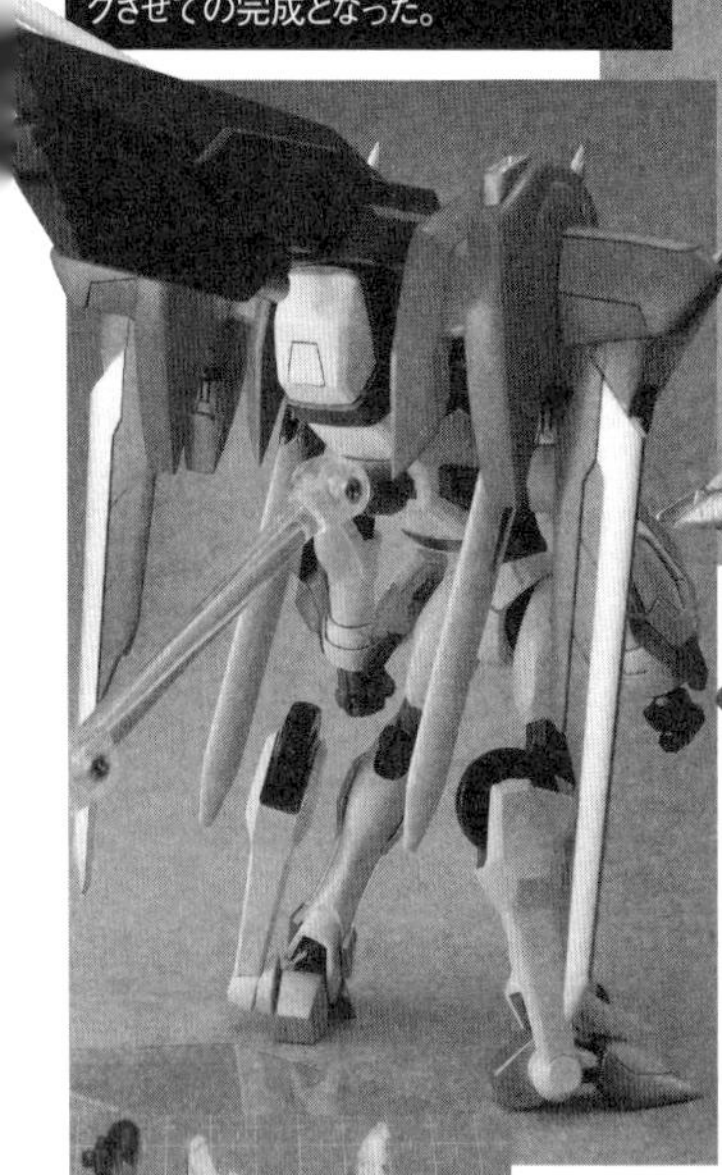

▲ROBOT魂ランスロット・エアキャヴァルリー（左）とのツーショット。コンクエスターは最大の特徴であるハドロン・ブラスターの他に、胸と肩が異なるため、OFFSHOOTのものを移植している

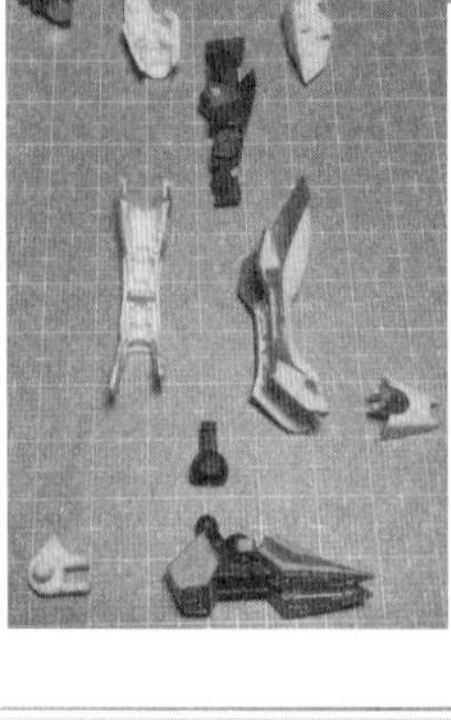

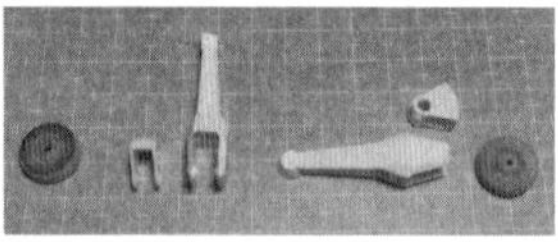

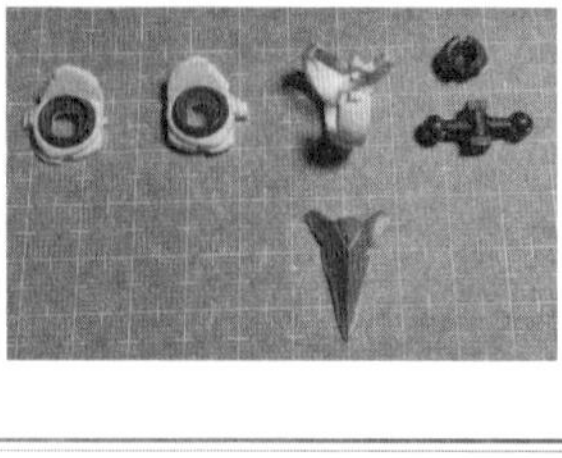

◀作例として全塗装を施すにあたり、各パーツを分解したところ。可動部の金属軸は同じ直径の真鍮線とミニ金槌で根気よく叩いて押し出した。接着面に残った接着剤のカスをきれいに削り取れば準備完了

（月刊ホビージャパン2018年7月号掲載）

▲飛行ユニットは一度分解して羽を後ハメ加工。肉抜き部分をパテで埋めている

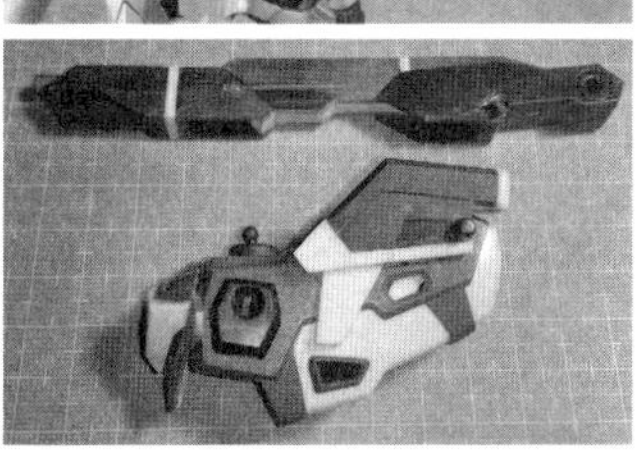

◀OFFSHOOT版はROBOT魂よりも少し小さいため、ROBOT魂に合わせるため各部をサイズアップ。特にハドロン・ブラスターは砲身部分を2ヵ所プラ板を挟み延長している。ハドロン・ブラスターは設定通りに展開が可能。ただし延長工作の関係でヴァリスをセットする穴を埋めざるを得なかったのでヴァリスとの接続ギミックはオミットした。残念

コードギアス外伝 反逆のルルーシュ 白の騎士 紅の夜叉

CODE GEASS Lelouch of the Rebellion Lancelot & Guren

[Side:カレン]

STAFF

小説　高橋びすい
原作　『コードギアス 反逆のルルーシュ』シリーズより
企画　株式会社サンライズ
編集　木村学、師岡真那
アートディレクター　SOKURA(株式会社ビィピィ)
デザイン　株式会社ビィピィ
カバーイラスト　作画/中谷誠一、仕上げ/柴田亜紀子
模型撮影　株式会社スタジオアール
協力　株式会社BANDAI SPIRITS コレクターズ事業部
株式会社KADOKAWA
SPECIAL THANKS　谷口廣次朗(株式会社サンライズ)

2020年5月30日 初版発行

編集人　木村 学
発行人　松下大介
発行所　株式会社ホビージャパン
〒151-0053　東京都渋谷区代々木2-15-8
TEL 03(5304)7601(編集)
TEL 03(5304)9112(営業)

印刷所　大日本印刷株式会社

ISBN978-4-7986-2224-8 C0076

月刊ホビージャパン2018年3月号から、2020年1月号収録に新規エピソードを加えたものです。